Sonya
ソーニャ文庫

奈《な》落《らく》の純愛

貴原すず

JN146030

イースト・プレス

contents

序章

小雨の降り続く院子《にわ》に桂花《キンモクセイ》の花が落ちている。

院子に面した部屋で、少年と卓を挟んで座っていた蘭花《らんか》は、小鼻をくんくんと動かした。

着ているのは、小鳥と瑞雲《ずいうん》の刺繍《ししゅう》の入った薄桃色の絹の上衣と裙《くん》。上等な衣裳を身につけているのに、ちっともお嬢さまらしくしていられない。

(桂花の匂いがしないわ)

秋のわずか数日間だけ漂う桂花の芳香は水に流れて絶えてしまい、今、小鼻を心地よくくすぐるのは、墨《すみ》の香だけだ。

「せっかくのお花なのに……」

「残念でしたね、お嬢さん」

目の前に座る少年が筆を止めて微笑《ほほえ》む。

蘭花はどきりとして、少年を見つめた。

着古された木綿《もめん》の上衣と褌子《ズボン》を着た、蘭花と明らかに身分の異なる少年だ。けれど、目尻の下がった目元はやさしげで、顔立ちはすこぶる端整《たんせい》だった。

年上で、しかも際立った容姿の少年に憧れに満ちた表情を向けられて、蘭花の心臓がおかしな鼓動《こどう》を打ち始める。

（わたしのほうがずいぶん年下なのに……）

目の前の少年は十六歳、蘭花はまだ九歳だ。

蘭花は父からも母からもまだ稚《いとけな》い子ども扱いされる娘に過ぎない。

それなのに、少年は尊敬とも憧憬《しょうけい》ともつかぬまなざしを向けてくるから、面映《おもは》ゆくてたまらない。

「そ、楚興《そこう》。その字はすごく上手になったわ」

「俺も思いました。形が前よりましになりましたね」

「とても上手よ。でも……」

そこで蘭花は椅子《いす》を降りると、楚興の背後に回った。

「こうしたら、もっと上手になるわ」

一回り以上は大きい楚興の右手を上から覆うと、筆を紙に滑《すべ》らせる。

払いやはねの力の抜き方や入れ方を伝えながら字を書く。

しばし、筆を走らせる音と雨音だけが部屋に響いた。

「さ、どう？」

「上出来ですね」

楚興は手本にしていた詩文と書きあがった書を見比べて満足そうにしている。

無邪気《むじゃき》にさえ思える表情を眺めていると、蘭花は心からうれしくなった。

(楚興は立派だわ)

船運業を営む父はたくさんの男を雇《やと》っているが、年下の蘭花に字を教えてくれと頼んできたのは彼が初めてだ。

(助けてくれたお礼に何が欲しいかとたずねたら、字を教えてくれと言うんだもの)

蘭花はまだ九歳だけれど、仕事を手伝うことがたびたびあった。

あるとき、荷主から頼まれた追加の品を蘭花が船に載せ忘れたとき、代わりに謝ってくれたのは楚興だった。

荷主は大変な怒りようで、楚興を鞭打《むち》ったのだ。

本来なら自分が受けるべき罰を受けてくれた楚興に、蘭花は涙を流しながらお詫《わ》びをすると言ったら、字を教えて欲しいと言ったのだ。

『俺は字を知らないんです。だから、教えてください』

なぜ字を教わろうと思ったのかはわからない。

父に雇われた船員たちの中には、字を知らなくても仕事には困らないと豪語《ごうご》する者もいるのだ。

しかし、楚興は違った。

彼は字を学びたい、蘭花を師として仰《あお》がせてくれと言ってきた。

びっくりしたが、楚興の仕事の合間に字を教えるのは、蘭花の楽しみになっていた。

乾《かわ》いた地面が水を吸うという表現がぴったりなほど、楚興の覚えは早かったのだ。

「次はお嬢さんの名を書いていいですか？」

「え、ええ、いいわ」

唐突な申し出に驚いていると、楚興は真剣な顔をして料紙《りょうし》に蘭花と書きつけていく。

一筆走らせるごとに、蘭花の心臓は尋常でない速度で鼓動を打った。

（どうしてだろう……）

彼はただ名を書いているだけだ。

それなのに、なぜこんなにもどきどきするのだろう。

理由のわからぬまま楚興の筆さばきを見つめていると、ようやく書きあがった。

「できましたよ」

少しいびつではあるが、おおらかな字体で蘭花と書かれている。

「じょ、上手よ、楚興」

「これは俺の宝物にします」

「宝物……」

墨が乾ききるのを待ちきれないのか、彼は紙を持ち上げてひらひらと動かしている。

それから、笑顔のままで蘭花に言う。

「字を教えてくれるお礼に、お嬢さんに贈り物をします」

「贈り物？」

「はい」

「だったら、それが欲しいわ」

蘭花は楚興が今まさに動かしている紙を指さしてねだった。

「駄目です。これは俺が持っています」

「贈り物なんて要《い》らないのに」

「駄目です。絶対に差し上げますから」

謹厳《きんげん》な顔をして言うものだから、おかしくてたまらなくなった。

「じゃあ、もらうわ」

ふたりで楽しく笑いあう。

こんな穏やかな時間を二度と持てなくなるなど、無邪気に笑う蘭花は知りもしなかったのだ。

一章　公主の結婚

銅鑼《どら》の音がひとつ鳴った直後、片膝《かたひざ》をついていた青年がすっと立ち上がった。

右手の剣を敵に斬《き》りかかるようにかまえる。

眦《まなじり》が垂《た》れたやさしげな目元とすっと通った鼻梁《びりょう》、薄い唇が争いごととは無縁の優男《やさおとこ》の風情《ふぜい》を漂わせている。

けれど、無駄なく鍛《きた》え上げられた身体やうなじで切りそろえられた栗色の髪は、彼が武を生業《なりわい》としている証明だった。

銅鑼の連打が始まると、空気がぴんと張りつめる。

広間に置かれた長卓に座る男たちも、にわかに緊張した面持ちになった。

虎豹《こひょう》が織り込まれた長上衣の裾をひるがえし、青年が虚空を剣で凪《な》ぐ。

見えない敵の攻撃を受け止め、押し返す。

五爪《ごそう》の竜が巻きつく柱や天女が舞う絵が描かれた天井板に彩られた広間が、怒号《どごう》の飛び交う戦場に変化する。

勇ましい剣舞《けんぶ》に、皇帝主催の酒宴《しゅえん》のたるんだ空気が引き締まる。

広間に続く通路に控えた女官たちも、見とれずにはいられない様子だ。

鼻の頭にそばかすを散らした娘が、隣にいる少女の袖《そで》を引くと、耳元でささやいた。

「公主さま、白《はく》将軍は本当にすてきですね」

「公主さまは禁句《きんく》よ、小霞《しょうか》」

蘭花は立てた指を自分の唇に押し当て、そっとたしなめる。

小霞は肩をすくめて、小声で言った。

「公主さまがお悪いんですよ。本来なら、こんなところにいちゃいけないお方なんですから」

昔から仕えている侍女だけあって、小霞の言葉には遠慮がない。

主人であるというのに負けた気分になって、蘭花は渋々《しぶしぶ》答えた。

「わかってるわ」

蘭花は気まずげに黙ると、舞う青年を見た。

あたかも本当の敵がいるかのように戦っている将軍――白楚興を見たい一心で、蘭花は女官の格好をして、ここにいる。

皇帝の娘・公主は、本来なら、後宮深く男の目を避けて過ごすべき存在だ。

今年十八になり、まさに娘盛りといっていい蘭花は、特に男との接触を避けるべきだとみなされる。

当然、男たちの酒宴の場になど出られるはずもなく、こっそり変装するしかなかったのだ。

着ているのは淡紫色の無地の上衣と裙。黒髪はきれいに結い上げ、お気に入りの蝶《ちょう》の形の銀釵《かんざし》を飾った。射干玉《ぬばたま》の瞳で全身を見渡すと、蘭花は小霞に確認する。

「わたし、ちゃんと女官に見える？」

「見えますよ。地味な衣裳なのに、きちんとお似合いなんですから」

「それは、わたし自身が地味だからよ」

蘭花は苦笑した。

自慢といえば、黒玉のように艶めいた髪だけ。顔立ちはそれなりに整っているが、目を引くほうではないと自身がよくわかっている。

父皇帝が後宮に揃《そろ》えるあまたの美女と比べれば、蘭花はいかにも目立たない。

牡丹《ぼたん》や芍薬《しゃくやく》のそばで咲く、名もなき小さな花のようだ。

「いつまでも控えめな調子じゃいけませんよ。蘭花さまは紅夏《こうか》国の公主さまなんですから」

「そうね」

「だいたい、お輿入《こしい》れだって間近なのに……」

小霞の小言《こごと》は、今一番聞きたくないことだった。蘭花は聞こえないフリをして、広間に意識を集中する。

楚興が席についた高官たちを巡って、頭上を剣で凪いでいく。

これには、邪気を払うという意味があり、みな笑いながら楚興を迎えていた。

なごやかな空気を一変させたのは、またしても銅鑼の音だ。

進軍を命じるように連打される。

勇壮な音に合わせて、楚興の剣舞も激しさを増した。

軽やかに跳躍《ちょうやく》し、あるいは目の回りそうな速度で回転しては、剣を振るってみせる。

そこかしこに灯る明かりを、白刃が弾いた。

ひゅんひゅんと音が鳴るほど刃がしなる。

もしも、今、楚興の前に誰か立ったら、一刀両断にされてしまうだろう。彼の剣舞は、それほどまでに力がみなぎっている。

蘭花は、しかし、彼の剣舞に圧倒されると同時に心配もしていた。

手元がくるったら、大けがをしてしまう。

だが、余人が聞いたら、そんな心配は無用だと笑うに違いない。彼の動きには、危なげなところが一切ないからだ。

銅鑼の音がますます速くなる。

楚興の剣戟《けんげき》も音に合わせて、さらに勢いを増した。

見えない敵との戦いもようやく終わりを迎えようとしているのだ。

楚興が正面を一閃《いっせん》した。

そこで銅鑼がピタリとやむ。

広間はしんと静まり返った。

「好《ハオ》、好、すげぇぞ、楚興！」

拍手をしながら立ち上がったのは、正面の玉座に座る皇帝だ。

四十を越えたばかりの皇帝は、五爪の竜の縫い取りをした長袍を堂々と着こなしている。

左頬に縦に傷痕がある苦《にが》み走った偉丈夫《いじょうふ》だ。

彼は右頬を持ち上げて、微笑を浮かべた。

そうすると、皇帝というよりは無頼《ぶらい》の徒《と》と表現したくなるような粗野《そや》な雰囲気がより強くなる。

「まったく……おめぇときたら、どんな死地に至っても、いつも勝利をもぎとってきやがる。おめぇみたいな悪運の強い男はそうそういねぇぜ」

「ありがとうございます、陛下」

楚興は拱手《きょうしゅ》して深く礼をする。

「おい、おい、そんな澄ました顔すんなよ」

皇帝――紅天祥《こうてんしょう》は大きく手を振った。

言葉遣いも振る舞いも、およそ皇帝の品位に欠けているが、居並ぶ高官は苦笑に留めている。

天祥の出自を考えたら仕方ないとでも考えているのかもしれない。

天祥は、元々、国の南方で船運業を営んでいた。

紅家の船は国の北と南を繋ぐ大運河や海を走り、あちこちに荷を運んでいた。

護衛兼船員の男たちはみな、天祥に心酔し、彼のためならどんな無理でも聞いた。

(そんなお父さんが、皇帝になるなんて)

もはや遠い過去にさえ思える七年前を思いだす。

前王朝である異民族の統治が乱れたとき、各地で義勇兵が立ち上がった。

異民族は重税をかけ、この国の大多数を占める民に官職に就く道を鎖《とざ》していたから、反発心が強かったのだ。

当時、父も地元の官を追い払うと権力と武力を握り、有力な兵団を結成した。

各地で勃興《ぼっこう》した兵団は考えの近しい頭首同士が集まり、いつしか軍閥となったが、異民族を追い払うと、今度はその軍閥同士で戦いあうことになった。

それは、誰が皇帝になるかという熾烈《しれつ》な競争だった。

戦乱は二年続き、五年前、ついに天下を手中に収めたのが、天祥だ。

それ以来、国は紅夏国と名を変え、新たな王朝が始まった。

「ったく、楚興ときたら、いっぱしの将軍の顔になりやがったな」

「お褒めにあずかり恐縮です」

「楚興、ここは無礼講だぜ。昔みたいに気安く話せや」

「昔とは違いますよ」

楚興は穏やかに微笑みながら、皇帝をたしなめた。

彼は、天祥のもとで働き、船団をまとめる船長をしていたのだ。

(下町でスリをしていた楚興を雇って正道につかせたのは俺だ、ってお父さんは言っていたけれど、本当かしら)

今、楚興は二十五の若さにして、皇帝がもっとも信頼する将軍のひとりとなった。

国が成立して、まだ五年。辺境では、未だに反乱が続いている。それゆえ、紅夏の将軍は皇都に落ち着くことなく、兵を率いて国の各所に散っていた。

(楚興も同じだわ。都に全然居着いてくれない……)

今日の宴は、楚興が北方の反乱を鎮めたことを祝って開催されたのだ。

蘭花が彼の顔を見るのは、半年ぶりのことだった。

「北の奴らはびびっただろうな。紅夏の軍が定石《じょうせき》に反して雪中《せっちゅう》行軍するなんてよ」

「相手の意表をつくのも兵法のひとつですよ」

楚興が穏やかに切り返すと、天祥は満足したようにうなずいた。

「おめぇは優秀な将軍よ。いつも予想以上の結果を出してくれる。おかげで、北はしばらく安泰《あんたい》だな」

「そうとも言い切れません。北方の民は戦上手です。こちらの国境をまたいつ侵《おか》すかわかりませんから」

「謙遜《けんそん》も度を過ぎれば嫌みだぜ」

天祥はそう言うと、卓から酒の入った杯を持ち上げた。

それから、玉座の置かれた高段から降り、楚興のそばへ寄ると、杯を持っていない手で楚興の肩を親しげに叩いた。

「俺が天下を獲れたのは、おめぇのおかげだ」

「陛下、何をおっしゃいます」

気色ばんだ楚興に天祥はにやりと笑ってから、周囲に座る高官たちを見渡し、高らかに言う。

「天下統一の戦の間、俺は一度だけ死を覚悟したことがある。おめぇらも知っているだろう？　郭南陽《かくなんよう》との戦がそれだ」

郭南陽とは、異民族を追い出したあと、天祥と天下を奪いあった宿敵だった。

異民族よりもはるかに手強《てごわ》く、天祥は何度も激戦を繰り広げた。

「仙湖《せんこ》の戦いでしょう、陛下！」

応じたのは、居並ぶ将軍のひとりだ。

酔いが回っているのか、それとも、命がけで戦った日々を思いだしたのか、目を真っ赤にして潤《うる》ませている。

「そうだ。南陽の作戦にしてやられ、手勢の大半を殺された俺は、ものの見事に追いつめられちまった。逃げるしかなかったが、追っ手がかかるのは明白だ。そんとき、楚興が将の間からすっと出てきてよ。自分がしんがりになって時間を稼《かせ》ぐ、その間に逃げろと言いやがった」

周囲はしんと静まり返っている。

しんがりとは、軍の最後尾で敵の追撃を食い止めつつ味方を逃がすという難しい役目を負う者である。ことに壊滅的な被害を受けた敗走中のしんがりは、自分の死を覚悟しなければできないはずだ。

天祥と挙兵前からの付き合いがあった者、皇帝になってから仕えた者——みな、立場は違えども、仙湖の戦いが最大の苦難だったと知っているのだ。

「あんときは俺も言葉を失った。楚興の一言はなぁ、自分が代わりに死ぬと言ってるみたいに聞こえたのよ」

「大げさですよ」

楚興が苦笑する。

天祥は楚興の肩を乱暴に揺さぶった。

「何言ってやがる！　俺はおめぇに本気で感謝してるんだぜ！　おめぇときたら、俺を逃がすだけでなく、自分もちゃんと生きて帰ってくるんだからな！　全身返り血で真っ赤になったおめぇを見たとき、俺は泣きそうになったんだぞ!?」

「泣いてましたよ」

楚興がさらっと訂正すると、女官たちがぷっと噴き出す。

「……おめぇ、恥ずかしい過去をばらすんじゃねぇよ」

「申し訳ありません」

と言いながら、楚興はにこにこと笑っている。やさしげな笑顔に、蘭花の鼓動が速くなった。

(楚興の笑顔は昔と変わらない)

かつて、彼の笑顔は蘭花のすぐ近くにあった。

船を降りた楚興に「おかえりなさい」と言ったときの満面の笑み。

ごはんのおかわりをよそったときのうれしそうな微笑み。

他愛ないおしゃべりもたくさんした。

楚興は船に乗らないときは陸の仕事をしていて、天祥が帳簿をつける手伝いをしたり、荷造りをしたりしていたが、そんなときは蘭花もよく話しかけにいったものだった。

(一緒に字も勉強したわ)

楚興との距離が一番縮まったのは、あのときだろう。

蘭花が師となり楚興が弟子となって字の勉強をした時間は、今も胸の内で月のようにほのかに輝いている。

(あんな時間は、もう持てないのかしら)

天祥が皇帝になってから、ふたりの間には見えない壁ができた。

蘭花は皇帝以外の男の立ち入りを禁止される後宮の住人となり、楚興は兵を率いて国の各地を巡るようになった。

(昔はすぐそばにいられたのに)

周りの目を気にせず彼のそばにいられたのに、今や難しくなってしまった。

じわじわと湧きあがる悔しさや悲しみをこらえるように、蘭花はうつむく。

そのとき、天祥が威厳を取り戻すように咳払《せきばら》いした。

「ともかくだ。楚興は俺にとって、大切な男よ。これからも、俺はおめぇを頼りにしてる」

「畏《おそ》れ多いお言葉です」

楚興が深く頭を下げる。

あくまで臣下としての礼節を守る楚興の肩を天祥は無造作に叩き、杯を持たせる。

「もっと胸を張れや、楚興。おめぇはいつだって、俺の予想を上回ってくれる男なんだからよ。さぁ、てめぇら、杯をかかげやがれ。白将軍の無事のお戻りに乾杯だ！」

乾杯の唱和《しょうわ》のあと、注目を浴びた楚興は杯を一気に干してしまう。それから、杯を逆さにして周囲を見渡した。酒をすべて飲み干したと示す仕草だ。

男たちは万雷《ばんらい》の拍手をする。席に戻る楚興を見つめながら、蘭花も大きく拍手をした。

(とにかく、楚興が無事でよかった)

彼が兵を率いて戦場に行くたび、蘭花は無事を祈った。

時には、こっそりと後宮を脱け出し、寺院や廟《びょう》で祈りを捧げたものだ。

楚興はいつだって激戦の地にやられるからだ。

天祥は楚興を子飼いの部下として可愛がり、誰よりも信頼している。船運業を営んでいたころから、それは変わらない。

楚興はまだ十代のころから荷運びの男たちのまとめ役を天祥にまかされていた。若くても判断が確かな楚興は危険を避けて、荷をきちんと目的地に届けたからだ。

賊に襲われることがあっても、楚興は仲間をまとめて荷を守り切った。

天祥が挙兵しても、楚興の忠義心は変わらなかった。荷の代わりに天祥を守り、ついには皇帝へと押し上げた。

そんな彼は、未だに天祥の手駒として使われている。

(それはきっと楚興にとって喜ばしいことなのだわ)

若くして国軍の精鋭を率いる皇帝の信頼篤《あつ》い将軍。楚興の未来には、一点の曇りもない。

(でも、そんな楚興の未来にわたしの姿はない……)

思わず唇を噛んだときだった。

うつむきかけた蘭花の視界に小霞が顔をねじこむ。それから、水注《すいちゅう》を手渡した。

「さ、お酒を注《つ》ぎにいきましょう。早く行かないと、白将軍の杯に他の女が酒を注いでしまいますよ」

小霞が促すから、蘭花はあわてて動きだした。右手で水注の取っ手を握り、左手で底を支えて、速やかに広間に出る。

いつも着る豪華な裙は裾が長く、所作にひどく気を遣うのだが、今日は踝《くるぶし》を覆う程度だから昔と同じように軽快に動ける。

軽くうつむいて滑るように歩き、卓を挟んで楚興の前に立った。

ふと顔をあげた楚興が唖然《あぜん》とするが、気づいてもらった感激をろくに味わう暇もなかった。

彼の口から声が出る前に、蘭花は目で沈黙を訴えた。

「将軍、無事のご帰還、お喜び申し上げます」

一息に言ってから、卓に用意されていた杯に酒を注ぐ。八分目まで注ぐと、彼の様子を窺った。

まじめな表情をした彼が、次に放つのがお小言だとわかったから、蘭花は彼の声を聞く前に頭を下げた。

「おかえりなさい、楚興。本当に……本当に無事でよかった」

楚興が驚いたように目を見張る。

蘭花は彼に微笑むと、速やかにその場を離れた。

玉座に戻った天祥をちらりと見るが、蘭花に気づいた様子はない。

ほっとしつつ先ほどいた通路に戻ると、待ちかまえていた小霞が蘭花の手から水注を受け取った。

「さて、戻りませんと」

「ええ」

「さ、あなたたちもこれを運んで」

あせったような声と同時に蘭花に手渡されたのは、大皿に入った魚のあんかけだ。

ぱりっと揚がった紅色の魚に、とろみのついたあんがかけられている。

あんの中には色とりどりの野菜が交ぜられていて、漂う甘酸っぱい香りが実においしそうだ。

しかし、蘭花は困って小霞と顔を見合わせた。

楚輿に一声かけたら、すぐに後宮に帰るつもりだったのだ。

「……わたしがお運びします」

小霞は水注を手近な卓に置くと、あんかけの皿を受け取る。

「わたしが運んでもいいのよ」

「公主さまにそんなことはさせられませんよ。お先にお戻りを」

小霞に促されて、蘭花はうなずいた。後ろ髪を引かれる心地で、通用口に向かう。開け放たれた通用口をくぐると、すぐに脇道に逃げた。

幸い夜だから、暗がりに逃げれば、蘭花の正体がバレることもないだろう。

篝火《かがりび》に照らされた道を、女官たちが行き交っている。御膳房で用意された料理が続々と運ばれているのだ。

誰かに見つかったら、また仕事を頼まれてしまうだろう。蘭花は後宮に向かって足早に歩きだした。

酒宴が開かれている広間は皇帝の私室に近く、後宮ともそれほど離れていない。

とはいっても、後宮の入り口との間には庭院《にわ》が広がっている。細い運河を巡らせ、草木が植えられた庭院を突っ切らなければならない。

蘭花は心持ち足を速めた。

春宵の庭院はしんと静まり返って、海棠《カイドウ》の花々も眠りについている。

（急いで帰らないと）

公主は基本的に後宮でおとなしくしておくことが〝仕事〟だ。

高貴な女とは、外に出されず籠《かご》の鳥として過ごすのが当たり前だとされているのだ。

（一生、こうなのかしら）

結婚しても、この待遇は変わらないだろう。

そう思うと、身体をがんじがらめに縄で縛りつけられたような息苦しさを覚える。

天祥が皇帝になる前は、もっと自由だった。

気軽に外に出て買い物をしたり、舞台を見に行ったりした。

今はそんな自由はない。

こっそり外に出たことはあるが、変装して人目にびくびくしつつ行動しなければならなかった。

（昔に戻りたい）

天祥が皇帝なんかにならなければよかったのに。

そうしたら、蘭花はいつだって楚興と会えた。

彼と結婚さえできたかもしれないのに――。

考えごとをしながらやって来たのは、池にかかる橋だ。

満月の光に照らされる朱塗《しゅぬ》りの橋は、欄干《らんかん》にも細やかな装飾がほどこされている。

欄干にもたれて池を覗いている男が目の端に見えたが、蘭花は気に留めなかった。

しかし、横を通りすぎようとしたところで、いきなり男から腕を掴まれる。

それから、体勢を力まかせに変えられると、欄干に背を押しつけられた。

「な、何を！」

「女官か？　美人だな」

四十過ぎと思しき男は、武官のまとう長衣と褌子《ズボン》を身につけている。絹地の長衣の裾には獅子《しし》の刺繍がされ、なかなか上等だ。だが、赤ら顔の男の浮かべている笑みは、下卑たものだった。

「手を放しなさい！」

精一杯の威厳を込めて命じ、男の腕を振り払おうとするが、相手の力が強すぎてできない。

せっかく結い上げた髪の一部がほどけて、背に流れてしまう。

蘭花の抵抗を、男は鼻で笑い飛ばした。

「可愛いな。もしかして、まだ男と遊んだことがねぇのか？」

「なっ……！」

あまりに無礼な発言に、蘭花は赤面して身を震わせた。

しかし、男は蘭花の顎《あご》を馴れ馴れしく掴んで、持ち上げる。

「なぁ、俺と遊ぼうぜ。気持ちよくしてやっから」

酒臭い息に顔をしかめた。よどんだ沼のような目に怖気が走る。

「ぶ、無礼はやめなさい！」

「生意気な女だな。ますます泣かせたくなったぜ」

顔を寄せられて、懸命《けんめい》に避けたときだった。

男の背に大きな人影があらわれ　ポンと肩を叩く。振り返った男は、あからさまに動揺した。

「は、は、白将軍」

「酒を飲んで女人を口説くのは、やめたほうがいい。意気地《いくじ》のない男だと軽蔑されるぞ」

楚興の声音は淡々として穏やかだが、肩を叩かれた男は蒼白になって首をがくがくと縦に動かした。

「将軍のお言葉、ありがたくいただきます。そ、それでは失礼いたします！」

逃げるように去る背中を呆然と見送っていると、楚興が大きなため息をついた。

「何をなさっているんですか？」

「あ、あのね、通りかかったら、腕を摑まれて……」

「そうではなくて、なぜ宴に出られたんです？　しかも、女官の格好をして」

楚興の追及に、蘭花はあわてふためいて答えた。

「その……楚興におかえりなさいと言いたくて」

「は？」

楚興が目をぱちくりさせる。

不思議そうな顔がじれったくなり、蘭花は言い募った。

「そうよ。だって、半年も戦場にいたでしょう？　ずっと心配だったの。それで、帰って来たら、絶対におかえりなさいと言おうと思っていたんだけれど、楚興ったら、ちっとも顔を出してくれないし……」

「申し訳ありません。都に戻れば戻ったで、各所への報告やら何やらで捕まっていたものですから」

「ええ、わかってるわ！　楚興は大功をあげた将軍だもの。忙しいのはよくわかってる。でも、顔だけでも見たいと思って……」

語尾がしぼんでしまう。

（わがままかしら……）

昔みたいに声をかけたかっただけだ。おかえりなさい、と言いたかっただけ。

そのために楚興を呼び出すのは、気が引けた。

だから、宴席でほんの少しだけ顔を見て、声をかけようと思った。

しかし、それすらも蘭花のわがままだろうか。

「……ごめんなさい、迷惑だったわよね」

「まさか。公主さまからお言葉を頂戴し、感激の極みです」

よそよそしい感想に胸がずきりと痛んだ。

(昔はもっと気軽に話せたのに。楚興だって、もっと気さくに応じてくれたわ)

それなのに、楚興の話しぶりは否応なくふたりの間にある壁を感じさせる。

「公主さま？」

楚興が不思議そうにしている。蘭花はあわてて笑顔を取り繕った。

「そ、それならよかったわ」

「ええ、本当にうれしかったですよ。公主さまにおかえりと言われると、俺はちゃんと生きて帰って来られたんだと実感できますから」

楚興の静かな微笑みを見上げて、蘭花は先ほどとは違う胸の痛みを感じ、自分の気持ちばかりに気をとられていたことを恥じた。

(楚興はずっと危険な場所にいる)

荷を運んでいたときは、賊に襲われることもあったと聞く。

天祥に従い戦をしていたときは、常に死地に向かっているも同様だっただろう。

そして、今。

都は平和を取り戻しているけれど、彼はまだ戦場で兵を率いている。

「わたしがのんきにしているときに、楚興はずっと危ない目に遭《あ》っているのよね」

蘭花は思わず楚興の右手を両手でくるんだ。剣を放す暇のない手は大きくてごつごつと硬く、掌にはたこができていて、ひどく不格好だ。

けれど、蘭花は楚興の手が好きだった。

筆を握って懸命に字を書いていたあのときの手も、将軍と呼ばれて剣を握る今の手も、愛おしくてならない。この手はいつだって蘭花を守ってくれる手だ。

「公主さまがのんきにしていられるように、俺は働いているんですから」

「そんな……。申し訳ないわ、楚興に」

「謝らないでください。俺は昔から変わりませんよ。公主さまがにこにこしてくださるんだったら、なんでもします」

楚興が眉尻を下げて笑っている。やさしげな笑顔は、彼の言うとおり、昔とちっとも変わらない。

「ありがとう、楚興」

「いいえ、かまいませんよ。それでは、帰りましょうか」

「え」

心臓がどきんと鳴った。いったいどこに帰るというのだろう。

「お送りしますよ、後宮の入り口まで。また酔漢《すいかん》にからまれたら、いけませんからね」

後宮に送ると言われると、一気に落胆する。

(何を期待していたのかしら……)

楚興が蘭花を自邸に連れ帰るなんて、そんなことをしてくれるはずがないのに。

馬鹿《ばか》げた妄想を振り払うと、蘭花はわざと明るい声を発した。

「大丈夫よ。今度から酔っ払いを見たら、走って逃げるわ」

「そうしてください。にしても、酔っ払いがいるようなところに行かれるご予定でもあるんですか？」

楚興に促され、蘭花は歩きだした。

わざとらしくないようにゆっくり歩を進める。

彼とふたりきりになれるなんて、今ではめったにないことだ。

せめて、少しでも長く一緒にいたい。

「そんな予定、ないわ」

「本当ですか？　陛下から、公主さまがこの間、後宮を脱け出して城市に行かれたと聞きましたよ」

「そ、それは、遊びに行ったわけじゃ……！」

蘭花は頬を染めて抗弁《こうべん》した。

二か月前、確かに後宮を脱け出したが、それは都でもっとも尊崇を集める寺院で、秘仏が公開されると聞いたからだ。

『秘仏にお願いすれば、なんでもかなうという言い伝えがあるそうですよ』

小霞に教えられたら居ても立っても居られなくなり、楚興の無事をお祈りに行ったのだ。

「じゃあ、何をしに行かれたんですか？」

「お寺に行っただけよ」

「そうですか？　俺は陛下から芝居を観に行ったと聞かされましたが」

楚興が顎を撫でながら意地の悪い笑みを浮かべている。

嘘ではないのに、嘘を見破られたようなばつの悪さを味わわされた。

「た、確かにお芝居も観たけど……！」

ますます頬が熱くなる。

『格好いい俳優が出ているんですよ、少しだけ観に行きましょう！』

小霞の鼻息は荒く、とても断れない勢いで、迷ったものの結局は彼女の望みをかなえた。

蘭花の秘密裡《り》の外出を成功させるため、小霞は宦官《かんがん》の目を盗んだり、門衛に根回ししたりしていたのだ。彼女の恩に報《むく》いたかった。

「どんな芝居だったんですか？」

楚興に問われ、蘭花は彼をまっすぐ見上げて声を弾ませた。

「恋愛劇なの。天帝に追放された天女が河に落ちて、とある青年に助けられる。意識を取

り戻した天女は記憶を失っていて、青年にわたしは誰かとたずねるの。美しい天女にひとめ惚れした青年は、彼女に自分の妻だよと告げて、ふたりは仲よく暮らすのだけれど、青年は嘘をついていることに罪悪感を覚え、次第に心を病んでいく。青年はついに河に身を投げてしまうのだけれど、今度は天女が彼を助けるの。河から青年を助けだしたとき、天女はとうとう記憶を取り戻してしまう。でも、天女は嘘をついた青年を嫌うどころか、彼のやさしさにすっかり参っていたものだから、天帝に彼を助けてくださいってお願いする。天帝が彼の命を救ってくれて、めでたしめでたしで幕が閉じるの」

今、思いだしても、うっとりするような純愛劇で、美男美女が演じるから、ますますもって見とれたのだ。

横で歩く楚興の反応を窺うと、彼は呆《あき》れたようなため息をついた。

「何か言いたいことがあるの、楚興」

「実にくだらない筋《すじ》だなと思ったんです」

「く、くだらないってひどいわ」

蘭花が唇を尖《とが》らせると、楚興が肩をすくめた。

「くだらないでしょう。記憶なんか、そうそう簡単になくなりませんよ」

「そうかしら。誇り高い天女にとって、天から追放されたという事実は、失ってもいいと思うほど悲しい記憶だと思うわ」

蘭花は立ち止まると、こぶしを握って力説する。

「わたしは、そういうことがあっても不思議ではないと思うわ」

「そうですか？　それに、天女を助けた男はずいぶん情けないと思いますが」

「嘘をついたから？」

「自分がやったことに最後まで責任がとれないからですよ」

楚興の言葉は辛辣《しんらつ》だった。

蘭花は目をぱちくりさせてしまう。

嘘をついていることを責めるのではなく、嘘を貫けない意志の弱さを責めている楚興の考えが、自分とは縁遠《えんどお》かったのだ。

「そう……かしら……」

「嘘をついて彼女を手に入れたなら、最後まで貫き通すべきです」

「わたしは人間味があると思ったけれど……」

蘭花は戸惑いに心を揺らしながら答える。

楚興の言うことは一理あるかもしれないが、蘭花は天女を騙《だま》したことに心を痛める青年に共感を覚えた。青年のやさしさに、蘭花は感動したのだ。

「公主さまは、おやさしいですね」

楚興が目を細めている。

太陽を直視したようにまぶしげに見られて、蘭花は上気した。

「そ、そうでもないわ」

「いいえ、昔から公主さまはおやさしいですよ。俺みたいな卑しい育ちの男にも親切にしてくださるんですから」

蘭花は息を呑んだ。

楚興は、かつて下町で裏家業に従事していたという。

親を亡くし、頼れる者がいない彼は破落戸《ごろつき》に拾われて、スリや物乞いをさせられた。稼ぎはもちろん破落戸に奪われて、自分の手に残ることはなかったらしい。

(そんな楚興をお父さんが助けたんだわ)

父に助けられた恩に報いようと、彼は常に戦場にいる。

そう考えると、楚興の人生はいつも他人の思惑に左右されているように思えてならない。

胸がずきずきと痛くなる。

(でも、わたしは楚興に同情して終わりにしたくはないんだわ)

彼の人生を聞いて、かわいそうだと思うだけなのは嫌だった。蘭花を突き動かすのは、彼を愛情で包みたいという衝動《しょうどう》だ。

だから、蘭花は彼をそっと抱きしめた。腕を背に回し、彼を見上げて嚙みしめるように告げる。

「……卑しいだなんてそんなことないわ」

楚興が目をぱちくりさせた。

「卑しいなんて、言わないで」

昔は悪いことをしていたかもしれないけれど、楚興は天祥に拾われてから懸命に働いた。そして今や、自力で将軍職にのぼりつめたのだ。

「本当のことですよ」

「昔はその……褒められないことをしたかもしれないけど、今は将軍さまなのよ。もっと胸を張っていいわ」

蘭花が言うと、楚興は眦を下げた。やさしげな笑みに、蘭花の鼓動はあっさり乱れてしまう。

「な、何？」

「公主さまは本当に昔と変わりませんね」

「成長してないってことでしょう？」

「違いますよ。俺を慰めてくださるほど慈悲《じひ》深くおやさしいってことです」

蘭花は唇を尖らせた。

褒められているというより、小馬鹿にされているように聞こえるのはなぜなのか。

「どうしたんです？」

「楚興の褒め言葉が信じられないって思ったの」

「ひどいですね」

楚興はひとしきり笑うと、抱きしめる蘭花の腕をゆるやかに放した。

「俺に抱きついていたら、誤解されますよ。お輿入れ前なんですから、こんなことをしては駄目です」

楚興の一言が鏃《やじり》のように胸に刺さって、蘭花は唇を震わせた。

「……結婚なんてしたくないわ」

結婚相手になる男を思いだすと嫌悪感で身震いする。

楚興が困ったように元から下がった眦をさらに下げる。

「そんなにお嫌ですか？」

「嫌に決まっているじゃない！　あんな……あんな傲慢《ごうまん》な男、大嫌いだわ！」

蘭花は楚興をきっとにらむ。それから唇を切れそうなほどきつく噛んだ。

情けなさで涙が出そうだ。

(泣いたら楚興が困るわ)

だから、蘭花はわざと未来の夫を思いだした。

そうすると、怒りがふつふつと湧き、涙がいったん引っ込む。

(あんな男が王として遇《ぐう》されているなんて……)

蘭花の結婚相手は、国の南方に封土を与えられ、爵位の中でも最高である王という身分を与えられた宋王《そうおう》・劉元芳《りゅうげんほう》である。

紅夏国は皇帝を頂点とし、各地に役人を派遣するという前々王朝と同じ統治形態を採《と》っているが、例外として宋王のみ領地を与えられ、収税の権利を与えられている。

そもそも、王という身分も皇族のみが与えられるのだが、異姓の劉氏が王になったのは、紅夏国成立の中で重要な役割を果たしたからだ。

天祥は五年前に劉元芳の父に宋王の身分を授けたが、三年前に亡くなったため、息子の元芳が王に封じられたのだ。

(本当に最悪の男だわ)

蘭花と元芳の初対面は、最低としか表現できないものだった。

楚興が目尻を下げたまま励ますように微笑んだ。

「宋王さまは誇り高い方ですから」

「誇り高いから女官を斬り殺そうとしたの？」

蘭花はこぶしを握りしめて、胸を押さえる。

元芳の姿を思いだせば、彼はあからさまな蔑《さげす》みを込めて蘭花を見下ろしてくるのだ。

(思いだすだけで不快になる……)

三年前、元芳は爵位を継ぐ報告をするために皇帝を訪問した。

銀糸で刺繍された漆黒の衣裳をまとった彼は、誰彼かまわず冷たい視線を向ける傲岸不遜《ごうがんふそん》な男だった。

皇帝が開いた宴の席に招待された彼を、蘭花は今日のように盗み見た。

あの日も、蘭花は元芳を見たかったわけではなく、楚輿を見たかったのだが、宴の席ではちょっとした事件が起こった。

酒の入った水注を運んでいた新入りの女官が、緊張したためかつまずいてしまったのだ。運の悪いことに、水注は元芳の足もとに転がったが、元芳の被害は蘭花の目に軽微《けいび》に見えた。

少なくとも、服がびしょぬれになるほど酒がかかったわけではなさそうだった。

蘭花は宴が開かれていた広間からあわてて退出した女官を追いかけ、涙ぐむ彼女を部屋まで送るべく一緒に外に出た。

事件はそのあと起こった。

ふたりで庭院《にわ》を歩いていると、元芳が追いかけてきて、腰に吊《つる》していた剣を抜いたのだ。

「宋王は女官だけでなく、わたしも殺そうとしたのよ」

女官を背にかばった蘭花は、自分は公主だと告げ、女官の粗相を謝り、赦してほしいと頼んだ。

しかし、元芳は聞く耳を持たず、剣を退《ひ》くどころか、ふたりに斬りかかってきた。

頭上に振りかぶられた刃の恐ろしさに身動きできなくなったとき、ためらいなく振り下ろされた元芳の刃を弾いたのは、楚興だった。

「宋王さまは公主さまに気づかなかったんですよ」

「わたしは宋王に名と身分を告げたのよ。でも、あの男は鼻で笑って、わたしを殺そうとしたんだわ」

「公主さまは女官の格好をされていましたからね。おそらく、宋王さまは女官が公主さまを騙《かた》ったと思われたのでしょう」

「女官だったら、殺していいというの？」

蘭花は元芳を相手にしているように、声を尖らせた。

楚興がますます困ったように頭の後ろを掻《か》く。

「そういうわけじゃ、ありませんが……。とにかく殺す気はなかったのではありませんか？　せいぜい脅そうとしたのでしょう」

楚興の言葉が元芳をかばっているように聞こえ、蘭花はますます怒りが募る。

「違うわ、殺そうとしたのよ。楚興だって聞いたでしょう？　元芳の捨て科白《ゼリフ》を！」

蘭花たちの殺害を阻止された元芳は、踵《きびす》を返すときに吐き捨てた。

『成り上がりの偽公主め』

低い声だが、確かに聞こえた。

憎しみに満ちたあの言葉は、蘭花の耳にいつまでも残っている。

「……宋王さまは名家のお生まれですからね」

「名家の生まれ？　協力者を裏切って、土壇場《どたんば》でお父さまに鞍替《くらが》えしたのに、生まれを誇るの？」

劉元芳の父は、天祥と天下を競った郭南陽の協力者だった。

劉家は、異民族である前王朝に滅ぼされた国の皇帝の血を引くという名門貴族で、一時は南陽を助けていたのだ。

ところが、天祥と南陽の戦いの際に手勢を率いて天祥に寝返った。

その助けもあって、天祥は南陽に勝利し天下の覇者となったのだ。劉家への報恩《ほうおん》のため、天祥は南方の肥沃《ひよく》な土地を封土として授け、王の位を与えた。

それほど特別な扱いをされているのに、元芳は感謝していないようだ。

怒りにまかせ、蘭花は前から思っていたことを告白した。

「たとえ名家の生まれでも、味方を裏切って地位を得た人なんか、信用できないわ」

「宋王さまにしてみれば、自分が裏切ったからこそ陛下は天下を獲《と》れたのだと思っていらっしゃるのでしょう」

楚興に淡々と意見を述べられ、ぐっと息を詰まらせた。

（確かにそうだけれど）

彼の意見は正しい。名門の血を引く元芳は、自分たちの働きがあったからこそ天祥が皇帝になれたと考えているのだろう。

王の地位を得たのも当然だと思いあがっているに違いない。

「……お父さんが劉家を王にしたのは、報恩のため。だけど、王だからといって好き勝手をしていいわけじゃない。か弱い女官を成敗しようとするなんて、とんでもない暴挙だわ」

蘭花もだが、女官も元芳の剣幕には相当おびえていた。少しの失敗をも赦さず、命で償わせようとした元芳の行動を蘭花は理解できない。

「俺もそう思いますよ」

楚興が表情をやさしくゆるめるから、蘭花は勢いづいた。

「楚興ならわかってくれると思っていたわ」

「新入りの失敗を赦す度量もない宋王さまは、心が狭いと証明しているも同然ですからね」

「そうよね」

蘭花はうんうんとうなずく。

王という地位にある元芳は、ただでさえ恐ろしがられる存在のはずだ。

その上、性格は狭量で傲慢なのだ。仕える者にとっては、御前で息をするのさえ気を遣うような相手に違いない。

「でも、俺は宋王さまのお気持ちがわかるんですよ」

「え？」

蘭花は睫毛《まつげ》の触れあう音がしそうなほど、はっきりとまばたきした。

楚興がしみじみと続ける。

「宋王さまは世の中が思いどおりに動かないことに苛立っておられるのでしょう」

「そう……なの……？」

元芳の矜持は天を貫くほど高いが、彼はしょせん皇帝の臣《しん》に過ぎない。

そのことに不満を抱いているのだろうか。

「でも、だからといって、女官に刃を向けていいわけじゃないでしょう？　八つ当たりじゃないの」

「公主さまのおっしゃるとおりです。あのとき女官をかばったのは、ご立派でしたよ」

「特に立派と言われるほどじゃないわ」

蘭花はため息をついた。

ただ見ていられなかっただけだし、女官がはなから剣を突きつけられていたら、自分だっておびえてしまって、身体が動かなかったかもしれない。

「それにしても、宋王は剣を向けた女とよく結婚する気になったわね」

切っ先を突きつけられた側の蘭花は、この結婚に憤懣《ふんまん》と憂鬱《ゆううつ》しか感じないのに、元芳はそうでもないのだろうかと疑問でならない。

「もしかしたら、考えを改められたのかもしれませんよ」

「してるはずないわ。宋王の評判はちっともよくないのよ」

蘭花は盛大なため息をついた。

小霞に頼んで元芳の消息を集めてもらったが、どれもこれもろくなものではなかった。

「大枚をはたいて山海の珍味《ちんみ》を集めさせて美酒と美食にふけり、佳人《かじん》を集めて三日とあけず宴を開催、街を視察しているときに見つけた美女を攫《さら》ってもてあそび、諫言《かんげん》する部下は容赦なく首をはねる――まさに、暗君《あんくん》の所行《しょぎょう》じゃないの」

元芳の悪行は、口にするだけでむかむかするものばかりだ。

楚興が咳払いをした。

「いささか大げさですよ。確かに民の暮らしをかえりみない方だそうですが」

「民の暮らしをかえりみない方が王をしているなんて、おかしいわ」

「では、殺しますか？」

楚興が口角を持ち上げる。唇を微笑みの形にして、とんでもなく過激な発言をするから、心臓が大きく跳ねた。

「こ、殺す？」

「ええ。民の上に立ちながら、民を食いつぶすだけ。そんな王など、生きているのは無駄でしょう」

彼は穏やかに笑っているが、蘭花はとっさに声を出せなかった。

(殺す?)

宋王が死ねば、蘭花は結婚せずに済む。

別の未来が拓《ひら》けるはずだ。

そこまで考えたところで、残忍すぎる思考に嫌悪を覚えた。

誰かを殺して幸せを得ようなんて、とんでもなく不謹慎《ふきんしん》だ。

(宋王は嫌な人間だけど、彼が死んだら悲しむ人はいるはずよ)

元芳の父は亡くなっているが、他にも家族がいる。おそらく友人だっているはずだ。

棺《ひつぎ》にとりすがって泣く誰かの姿を想像すると、喉《のど》がふさがれるような気持ちになる。

(だって、わたしもそんなふうに泣いたもの)

蘭花の母は、天祥が戦をしているさなかに亡くなった。

葬儀とも呼べない——ただの埋葬《まいそう》をしたのは蘭花だったのだ。

あんな悲しみをたやすく誰かに味わわせられない。

「お望みなら、殺しましょうか?」

買ってきたお菓子を差し出すようにまた気軽に言われ、蘭花は懸命に頭を振った。

「殺しちゃだめよ」

「民を苦しめる王なのに？」

「死んだらおしまいだわ。生きて考えを変えてもらったほうがいいと思うの」

蘭花が気まずく微笑むと、楚興が目を細めた。まなざしが氷雪《ひょうせつ》をはらんだように冷たい。

「そ、楚興？」

「公主さまがそうおっしゃるなら、そのほうがよろしいかと思います」

「ええ……」

うなずきながら、蘭花は違和感を覚えていた。

（簡単に殺そうと言うなんて……）

もしかして、こちらの機嫌をとろうとしたのだろうか。

それとも、蘭花があまりに嫌がるから、本当に殺したほうがいいとでも考えたのだろうか。

（……からかっているだけなのかしら）

蘭花が断ったら、提案をあっさり引っ込めた。ということは、冗談で言っているのかもしれない。

ともあれ、本気で続けるには物騒な話題だから、蘭花は話題の中心軸を少しだけずらした。

「その……楚興は宋王をよく知っているの？」

「それほどでもありませんね。ただ、あの方はわかりやすいですから」

「そう？」

「ええ、お考えの摑みやすい方ですよ」

楚興が促すから、蘭花は歩き始めた。

夜の闇の中、花も亭《ちん》も黒々と塗りつぶされ、ふたりが歩く道の両側だけが篝火に照らされている。

それはまるで蘭花がこれから進む未来のようだった。

決まりきった道を歩く——いいや、歩かなければならない。

そして、その道を一緒に歩くのは楚興ではないのだ。

「出立までは、あまりお心をわずらわせませんよう」

「どういう意味？」

「心配ばかりしていても、仕方ありませんよ。宋王さまとうまくいかないと決まったわけではありません」

「うまくいかないに決まっているわ！」

蘭花はそっぽを向いた。

楚興以外の男なら、誰だって一緒だ。真実、幸せにはなれない。

「そうやって決めてかかってはいけませんよ。この先、どうなるかわからないんですから」

「どうなるかなんて決まっているじゃないの。わたしと宋王は結婚する……そして、不幸になるんだから！」

心を許せない男とこの先の人生を共にするなんて、きっと不幸の極みだ。

楚興と一緒だったら、何があっても乗り越えられるだろうと思えるのに。

「幸せになれますよ。公主さまが望めば」

強い口調で断言されて、蘭花は隣を歩む楚興を見上げた。

彼は大きな口を微笑みの形にしている。

「そんな……」

「公主さまが望めば、ですがね」

楚興の言葉に、蘭花は失望を覚えずにはいられなかった。

「……お父さんが決めたことを変えられるはずがないわ」

元芳に嫁《とつ》ぐよう命じた天祥は、蘭花の拒絶を意に介さなかった。

『宋王を懐柔《かいじゅう》しなけりゃならん。おめぇが嫁いでその役をやるんだ』

どんなに嫌だと懇願しても、天祥は蘭花の言うことを聞き入れてはくれなかった。

結婚は皇帝がくだす絶対の命令だったのだ。

「そうですね、陛下が決めたことを臣下が変えられはしません」

「……そうよね」

天祥は豪放《ごうほう》な振る舞いと粗野な口調のせいで、裏表のない性格に思われがちだが、実際は異なる。

自分に仕える人間をよく観察していて適材適所を実行するし、臣下を互いに競わせて功績をあげさせている。

ある意味、内心は非情な男なのだ。

幼いころは気づかなかったが、最近、蘭花も天祥の本質に気づいてきた。

楚興も同じだろう。

だからこそ、彼は辺境で反乱を鎮圧し、手柄を持ち帰ることに専念しているのだ。

「輿入れのご準備は進んでおりますから」

淡々とした報告に、蘭花は言葉を失った。

嫁入り道具の支度は楚興がしてくれると聞いたとき、蘭花は信じられなかった。

ふつうなら、嫁入り支度は親がするもので、それを昔からの知り合いとはいえ、他人の楚興がするなんて異例中の異例だった。

(わたしが他の男と結婚するのを祝うなんて)

楚興は蘭花が元芳に嫁入りするのを邪魔しない——どころか祝福さえする。

それは、蘭花にとって絶望でしかなかった。

「衣裳も間もなくできあがりますよ」

「……そう、ありがとう」

口調がひどくそっけなくなり、蘭花は密かに奥歯を噛みしめた。

それから何度も息を呑んだ。そうしなければ、涙があふれてしまいそうだったのだ。

（楚興はわたしの結婚をどう思っているのかしら）

祝うくらいだから、反対ではないだろう。

それどころか賛成に違いない。

（もしも、わたしが楚興と結婚したいと言ったらどうするのかしら）

そんなこと言ったこともないし、匂わせたこともない。だが、そう告げたら、どんな反応をするだろう。

（元芳との結婚を反対してくれるかしら）

そこまで考えて、自分の身勝手な想像に嫌気がさした。

結婚は父が決めたこと、そして、準備は着々と進んでいる。

今さら止まるはずがないし、楚興が反対でもしたら、彼の立場は悪くなるばかりだ。

結局、蘭花の道は一本しかない。

今、歩いているこの道のとおり。

暗がりに逃げたら、何かあるかもしれない。

だが、そんな勇気もありはしないのだ。

（どうしようもないの？）

棄《す》てきれない未練に引きずられるように楚興を見上げたときだ。

「いつまでこんな使い古しの銀釵《かんざし》をしているんですか？」

楚興が蘭花の髪の間に手を伸ばす。

とっさに身をかわそうとし、裾を踏んで無様によろける。

楚興が両手を伸ばして、蘭花を抱き留めた。

「大丈夫ですか？」

「だ、大丈夫」

心臓がどきどきと鳴っている。危うく転ぶところだった。

「どうしたんですか、いったい」

「だ、だって、銀釵をとろうとするから」

見上げると、楚興がなんともいえない顔をしている。

困ったような、怒ったような——そんな表情をしてから、息をついた。

「その銀釵をあげたのは、俺ですよ。それを俺が奪ってどうするんです？」

「そ、そうよね。本当だわ」

だけど、蘭花はとっさに奪われてしまうと危惧したのだ。

（楚興にもらった宝物なんだもの。失うわけにはいかない）

翅《はね》を広げた蝶の形をした銀釵は、宝玉や貴石の類《たぐい》で飾られていない。

公主が髪の間に飾るには、地味すぎる装飾品だ。

けれど、蘭花にとっては大切な思い出の品だった。

楚興が最初にくれた贈り物だったからだ。

「そんな古ぼけた品など捨ててしまってかまわないんですよ。なんだったら、新しいものを買ってあげます」

「い、要らないわ、新しいものなんか。これがいいんだから」

銀釵を守るように押さえて、眉を跳ね上げた。

どんなに高価な釵《かんざし》でも、この蝶の釵にはかなわない。

(字を教えたお礼にもらったものだもの)

ある日、いつものようにふたりで字を勉強していると、楚興が懐から取り出したのがこの釵だった。

『もらってくれますか？』

楚興の控えめな確認に涙ぐみながらうなずくと、彼は手ずから髻《もとどり》に釵を挿してくれた。

『難しいな……』

目の前でもどかしげに動く腕や、あせったようにこぼれる吐息――今でも鮮やかに思いだせる。

うれしくもあり面映ゆくもあった。

(大人になった気がしたわ)

男に釵を贈られるなんて、ずいぶん大人扱いされているようで、うれしくもあり面映ゆくもあった。

ようやく釵を飾り終わると、楚興は晴れ晴れとした笑顔になった。

『似合いますよ、お嬢さん』

勉強をする部屋には鏡がなかったから、蘭花は部屋を飛びだした。

自室に戻って鏡で自分の姿を確認すると、脱兎《だっと》の勢いで楚興のもとに戻った。

部屋を飛びだしたと思ったら、走って戻って来た蘭花を見て、彼は目を丸くした。

『楚興、ありがとう！』

うれしくてたまらず彼に抱きつくと、楚興は蘭花を楽々と受け止めてくれたのだ。

(幸せだったわ……)

あのときの蘭花は、いつか自分が楚興に嫁ぐのだと半ば信じていた。

(それなのに、どうして？)

いつから道はそれてしまったのだろう。

蘭花の悲痛な心中など知らない楚興は、ありがたくもない誘いを続ける。

「婚礼道具の中には、もっと上等なものもありますよ」

「だ、だから要らないってば」

蘭花は楚興の腕の中から逃れると、早足で後宮へと急ぐ。

門はもう見えるところにあって、昼夜問わずに立つ宦官の門衛が両脇を守っている。

「公主さま。なぜ、その釵がいいんですか？」

問われて蘭花が背後を振り返ると、楚興が静かに見下ろしてきた。

「なぜって……」

そんなの簡単だ。

好きな男の贈り物だから、蘭花はこの釵を手放せない。

これを見れば楚興を思いだせるだろうから、結婚してからも、ずっと大切にするつもりだ。

しかし、その気持ちを素直に伝えられなかった。

「な、なぜって、この釵がお気に入りだからよ」

蘭花はわざと強めの口調で言う。

（楚興が好きだから、なんて打ち明けられるはずがないわ）

間もなく宋王に嫁ぐ旅に出発する。

護衛をするのは、楚興だと聞いていた。

それなのに思いを告げたら、旅はどれほど気まずくなるだろう。

楚興は遠慮して、蘭花に話しかけてくれなくなるかもしれない。

（一緒にいられる時間はあと少しなのに）

だったら、自分の想いは告げないほうがいい。

ずっと黙っているほうがいい。

旅の間は、円満に過ごしたいのだ。

そんな蘭花の胸の内を知ってか知らずか、彼はこちらの表情を余すところなく観察してくる。

「それだけですか？」

「そうよ！」

蘭花は強く主張した。

そうでないと、楚興に気持ちを見破られそうだからだ。

楚興の瞳は凪いだ湖のように静かだ。

琥珀《こはく》の瞳に映る蘭花は、どんな顔をしているのだろう。

ちゃんと本心を隠せているだろうか。

「本当に？」

「本当よ。この釵はわたしのお気に入りなの。だから、ずっとつけているし、これからもそうするわ！」

楚興に放った言葉は力が入りすぎていた。

まずいと思ったが、その表情を出してはいけないとこらえる。

目をそらしては負けだといわんばかりに見つめあっていたら、彼がふっと息をついた。

その瞬間、ふたりの視線が結んだ糸が緩んでしまう。

「公主さまがおっしゃるなら、信じましょう」

「その言い方はないいんじゃない？」

思わず唇を尖らせる。

楚興の発言は、明らかに立場が上の者のものだった。

もっとも、不快ではない。

こういったやりとりを昔はしていたのだ。

「失礼に聞こえたら、申し訳ございません」

「べ、べつに失礼には聞こえないわ。むしろ、その……いつもそんなふうに話してほしいくらい……」

語尾が喉の奥に消えていく。

本当は、もっと気軽に話したい。

公主と将軍という身分を棄てて、昔のように。

無理だとわかっていても望んでしまう。

時を戻せるなら戻したい。

違う人生を歩みたい。

心の許せぬ男と結婚するのではなく、そばにいる大切な男と一緒にいたい。

けれど、それは脳裏に浮かんだとたん、河に流される木の葉のように消えていく。

実現不可能なことを願っても仕方ない。

(本当にそうなのかしら)

蘭花が一歩足を踏み出せば、違う結果が得られるのではないか。

怖れて行動に移さない自分が悪いのではないか。

きゅっと唇を噛みしめると、楚興が控えめに肩に手を乗せた。

「さあ、戻りましょう。ぐずぐずしていると、俺が公主さまを攫ったと騒がれてしまいますよ」

「え?」

蘭花はどきりとして、胸を押さえる。

攫ってほしいくらいだという本音は打ち明けられない。

だから、なんとか平静を装って、口角を持ち上げた。

「そ、そうね。帰りましょうか」

蘭花は門へ向けて、足を踏み出した。

残念だが、ふたりの時間を引き延ばすことはもうできそうにない。

一抹《いちまつ》の寂しさを胸に、ゆっくりと歩く。

門衛の宦官は、蘭花の姿を見ても、瞼《まぶた》を半分落とした眠そうな顔そのままで立っている。

表情を変えないのは、蘭花が出て行ったことを知っているからだ。

黙って出迎えてくれるのは、ありがたい。

もしかしたら陰で皇帝に報告はされているかもしれないが。

（そうよ、お父さんはなんだって知っている）

鷹揚《おうよう》な態度の裏には、家族の情などあっさり断ち切るような冷酷さが潜んでいる。

そうでなければ、天下を獲るという難事など達成できなかったはずだ。

蘭花は門前まで来ると振り返り、すっと背筋を伸ばして優雅に微笑む。

「白将軍、送ってくださり、ありがとう。あなたの親切は、皇帝陛下にお伝えしておきます」

わざとよそよそしい口調で語りかける。

少しでもふたりの仲を疑われてはならない。

男女の間柄ではなく、公主と一臣下に過ぎないのだと宦官に思わせなければならない。

「公主さまのお役に立ててうれしく思います」

「わたしこそ白将軍に迷惑をかけました。もう宴にお戻りになって。主賓がいないのでは、盛り上がりませんもの」

「俺がいなくても、勝手に飲んでいると思いますよ。しかし、公主さまのおっしゃるとおりです。ここで失礼させていただきます」
楚興は頭を深く下げて一礼すると、背を向けて道を戻っていく。
自然と目が霞んだ。
(行かないで)
お願い、一緒に連れて行ってとどんなに言いたいことだろう。
しかし、そんな言葉を口に出すことはできない。
楚興の地位は彼が血を流して手に入れたものだ。
他の相手と結婚の決まった蘭花のわがままで、失わせるわけにはいかない。
(それに、楚興の気持ちがわからない……)
蘭花に対する彼の態度は、家族に対するものに近い。
接していると、年の離れた妹になった気がするのだ。
お転婆な妹を、やさしいけれど多少の心配や呆れのまじった気持ちで見守っている——
それが彼の言葉や態度の端々から感じられるものだった。
あまりに近い関係だったからいけないのだろうか。
それとも、蘭花があまりにも色気がないから、女として捉えられないのだろうか。
(楚興は人気があるもの)
実際、女官の中には、楚興への憧れを公言する者もいる。中には蘭花と大違いな婀娜《あだ》っぽい者もいるから、女としては引け目を感じるばかりだ。

彼女たちが将来有望な将軍の妻になりたいと願うのは、当然だろう。

(楚興にとって、わたしはただの主君の娘)

だから、何も望んではならない。

そう思うそばから、声を張り上げてしまう。

「おやすみなさい、楚興！」

十数歩ほど離れていた楚興はすぐに振り返った。目を凝らすけれど、闇にぼやけて表情はわからない。

けれど、彼のまとった空気がやわらかくほどけて、蘭花は無性にうれしくなる。

「俺の夜はまだ終わりませんよ。公主さまこそ、お早く床にお入りください」

「そ、そんな子ども扱いしないでちょうだい」

蘭花は真っ赤になって言い返した。

早く床に入れだなんて、子どもを寝かしつける言い方だ。

しかし、楚興は笑いをこぼしながら、手を振った。

「俺は行きます。公主さまもおやすみなさい」

あたたかな一言に、胸がじんと熱くなる。

楚興は背を向けてしまうと、もう振り返らない。

（昔と同じ……）

旅に出発する彼を見送るとき、蘭花は別れがたい気持ちでいっぱいで、いつまでも彼の背中を見つめたものだった。

しかし、楚興はあっさりしたもので、背を向けると二度と振り返りはしなかった。

（いつもいつも、わたしばかり見送っている）

楚興は寂しいとは思ってくれないのだろうか。

別離を悲しんだりはしないのだろうか。

（しないのね、きっと）

それはまた、ふたりの想いの差の証明のようだった。

だからこそ、蘭花は自分の気持ちを彼に伝えられなくなる。

好きだという言葉を喉の奥にしまってしまう。

彼の広い背は、黒々とした闇が呑み込んでしまう。

見えなくなってしまっても、蘭花は楚興の歩き去った先から目が離せなかった。

宴から二十日後。

蘭花は宋王の領地へ向かう前日に、天祥に正式に挨拶《あいさつ》をすることになった。

身にまとうのは、金糸で鳳凰《ほうおう》の縫い取りをした真紅の婚礼衣裳だ。

上質な絹で仕立てられた裙の裾は、たなびく雲のように長い。

金糸で縁取られた帯は蘭花の細腰を幾重にも取り巻いてから、しだれ尾のごとく垂らされる。

髪を飾るのは、鳳凰を象った金の宝冠に紅玉や真珠を連ねた金歩揺《きんほよう》だ。

「本当にこれもつけるんですか？　こんなふだん使いの釵を」

「いいから、お願い」

蘭花の頼みに、小霞はため息をつきながら銀釵《かんざし》を挿す。

「せめて目立たないところに飾らせてくださいね。正直、みっともないですよ」

「み、みっともないとは、何よ。わたしの大切な宝物なのよ」

蘭花がにらむと、小霞は軽く肩をすくめる。

「本当に、いつまで経っても貧乏くさいというか、みみっちいというか……」

「小霞ったら、失礼ね。公主に対する言いぐさとは思えないわ」

「お仕えする公主さまが、らしくありませんからね。ついぞんざいになっちゃうんですよ」

「小霞ったら、開き直りすぎよ」

そう告げてから、ため息をついた。

金の宝冠が重い。押しつけられた結婚のための冠など鉛の錘《おもり》と同じでしかない。

「あと少しで終わりますから、お疲れでしょうが、我慢してください」

小霞は蘭花の両耳に紅玉と真珠を吊した耳墜《イヤリング》を飾る。

指には金の戒指《ゆびわ》をはめて完成だ。

「さて完成ですよ。こうして見ると、公主さまはなかなかの美人だと気づかされますね」

「お世辞はやめてちょうだい」

「お世辞じゃありませんよ。公主さまは、お美しいんです。もう少し、胸を張ってくださいませ」

背中を軽く叩かれて、蘭花は目を見張った。珍しく褒められたものだから、びっくりしたのだ。

「小霞……」

「さあ、参りましょう。皇帝陛下がお待ちです」

「ええ、そうね」

明日の出発は朝早いから、一足先に皇帝に挨拶を済ませるのが今日の目的だ。

そこには、宰相をはじめ、主だった高官が臨席する。

(最後の面会になるかもしれないから、堂々としていよう)

結婚したら、軽々とは宮城《きゅうじょう》に来られないだろう。

だから、父の顔をしっかりと脳裏に焼きつけておかなければならない。

蘭花は頭から蓋頭《ベール》をかけられると、小霞に手を引かれ、粛々《しゅくしゅく》と回廊を進む。
目指すは、後宮のすぐ外にある皇帝の執務室だ。
執務室といっても、殿舎のひとつが丸々当てられており、十分に広い。
入り口の外まで来ると、宦官が蘭花の訪れを室内に告げる。
許可を得て中に入ると、蘭花はうつむき軽く膝を曲げて礼をした。
「顔を見せてくれ」
天祥の命令に小霞が応じる。
蓋頭をとられても、なお蘭花は顔を伏せていた。
「顔を上げろ」
威厳に満ちた天祥の声が頭上から降ってくる。
蘭花は瞼を伏せたまま、静々と面を父に向けた。
正面の玉座には、天祥が座している。両側には宰相はじめ高官たちが列席していた。
みな正装をしており、蘭花をじっと見つめている。
にわかに緊張が高まって、密かに喉を鳴らした。
「蘭花、きれいになったなぁ」
天祥は眉尻を下げると、瞳をうるうるさせている。
みっともなく崩れた表情に蘭花は危うく噴き出しそうになり、頬をぴくぴくさせながら懸命にこらえた。

「どうだ、俺の娘はとびきりの美女だろう」

「まったくです。公主さまはまさしく傾国の美姫と呼ぶにふさわしい」

天祥に応えたのは宰相だ。挙兵前から天祥に仕えてきた宰相は、涼しげな双眸で蘭花の全身を眺めている。

「宋王さまには、もったいないほどですな」

「馬鹿言えや。今、紅夏国に王の身分を封爵《ほうしゃく》されてるのは、宋王だけだぜ。だからこそ、蘭花をやるんだからよ」

「それはそうですが……。わたくしとしては、公主さまが後宮を去るのが残念でなりません」

宰相が憂い顔をして胸を押さえる。

「おめぇ、蘭花を欲しかったのか？　結婚してるくせに」

「陛下こそ馬鹿をおっしゃらないでいただきたい。臣は恐妻家ですから、妻はひとりで十分です」

宰相の返答に、高官たちから失笑がこぼれる。

天祥は鼻の頭に皺《しわ》を寄せた。

「じゃあ、なんで蘭花に後宮を去ってほしくねぇんだよ」

「後宮では、あまたの妃嬪《ひひん》が陛下の寵を得ようと競いあっております。息子を生んだご夫人方の剣幕たるや、日々戦場のごとしとか。殺伐とした後宮で、一服の清涼剤となっておられたのが、蘭花公主さまです。その公主さまが後宮を去る――嵐を収めるお方がおられなくなるのが、心配です」

宰相のしんみりとした告白は蘭花の胸に棘を残す。

(宰相さまのおっしゃるとおりだわ……)

今、天祥の後宮には皇后がいない。

正確には、蘭花の母が皇后に処せられたが、天祥の即位前に亡くなった母の格を高めるための処置に過ぎない。

生きた女がひしめく現在の後宮は、圧倒的な地位に立ち、まとめ役となるはずの皇后を欠いているため、身分の等しい愛妾たちが競いあっている。

その中でも、皇子を生んだ女たちの争いは熾烈《しれつ》だった。

天祥はまだ皇太子を決定していない。

皇子たちが幼いためというのが表向きの理由だ。

しかし、皇子の母たちは、もっとも寵愛を得た女の息子が皇太子に選ばれると信じている。だから、天祥の愛を奪いあい、互いの欠点を非難しあっているのだ。

そのため、女同士の関係はギスギスしていくばかりだった。

（わたしは争いとは無縁だから、仲裁役をしていたものね）

蘭花は皇后所生のただひとりの子だ。

しかも、後宮の争いには一切加わらない立場にある。

だから、もめごとが起こると、相談を持ちかけられたり仲裁を頼まれたりしていた。

まるで皇后のように、愛妾たちの仲を取り持っていたのだ。

天祥は行儀悪く脚を投げだすと、つまらなさそうに吐き棄てた。

「後宮なんて狭い世界の騒乱なんか気にすんな。蘭花がいなくなったとしても、どうにかなるだろ」

「お父さんったら、無責任だわ」

蘭花は思わず口を挟んでいた。

たとえ公主といえども、許しがなくては皇帝に話しかけられないのだが、我慢できなかった。

「お父さんが皇太子を決めたら、すべてが丸く収まるのに」

「ガキなんかすぐ死ぬんだぜ。帝位は生き延びられた奴に譲る」

天祥は耳の穴をほじりながら、つまらなさそうに言い放った。

「皇帝には運も大事だからな。努力だけじゃ、のしあがれねぇよ。天の助けって奴が必要だ。それをたぐり寄せられるのは、強運の持ち主だけだ」

「でも……」

唇を噛んでうつむいた。

天祥が皇帝になったのは、確かに努力だけではないだろう。

異民族の失政が重なり、国が混乱した。

その中で腕っぷしの強い輩《やから》を集め、圧政を敷いていた地方官を追い払い、権力を奪取した。

さらに同じような軍閥との戦いに勝ち上がり、ついには敵なしになった。

あとは天意を得たという名目で皇帝に即位した。

時には敵に苦戦もしたが、全体としては流れるように権力を摑んだのだ。

そんな天祥が運も必要だと語るのは、一理ある。

（でも、あまりにも情のない言い方だわ……）

幼い弟妹たちは、母は違っていても、みな一緒に仲よく遊んでいる。蘭花がそうさせてやりたいと手を尽くしているからだ。

自室の庭を解放して集う場所をこしらえ、市井の子どもたちと同じように朗《ほが》らかに遊べるようにしていた。蘭花が用意したおやつを仲よく分けあう姿を見ていると、ほっとすると同時に、この関係が将来まで続くよう願わずにはいられなかった。

しかし、後宮の妃嬪たちは互いに張り合い、仲よく遊ぶ弟妹たちを引き離そうとする。

蘭花もまたよけいなことをすると冷ややかな目を向けられていた。

「公主さまのおやさしさには感服です。やはり、宋王に嫁がせるのは惜しいですな」

宰相が穏やかに微笑んでいる。

瞬時、言葉を失った後、彼が父を説得してくれないかと期待した。

が、すぐに無意味だと悟る。

父はちっと舌打ちをすると、宰相を鋭くにらんだ。

「だめだっつうの。蘭花は、宋王にやると決まった」

「承知しております」

宰相は深く静かに頭を下げる。

失望に負け、蘭花が頭《こうべ》を垂れたときだ。

「楚興、蘭花はきっちり送るんだぜ」

「承知いたしました」

深みのある低い声が背後から響いた。

入室したとき、顔を隠していたからわからなかったが、どうやら楚興がいたようだ。

おそらく高官たちの末席に控えていたのだろう。

びくりと肩を揺らしてしまうが、天祥は気づかなかったようだ。

楚興に対して言葉を投げかけ続ける。

「宋王の領地までざっと四十日ってとこか。遠くてたまらんだろうが、蘭花を途中で放りだしたりすんなよ」

「もちろんです。俺が公主さまを放りだしたりするはずがありません」

楚興がきまじめに答えている。

天祥がからりと笑ってから、目尻を下げた。

驚くほどやさしげな表情に、蘭花はどきりとした。と同時に、父がこうやって人心を摑んできたのだと思いだす。

心を許したような笑顔を向けられた男たちは、自分が天祥に必要とされていると感激するらしい。そして、天祥のためなら命をかけてもいいと思うのだという。

（確かに、お父さんの笑顔には魅力があるわ）

天祥のために働きたい。人にそう思わせることで、彼らの行動を操るのだ。

（楚興も同じなのかしら）

ならば、天祥の命令に従うだろう。どんなことがあっても、蘭花を宋王のもとに連れて行くはずだ。

「まあ、婚礼道具を用意したのは、おまえだしな。それなのに、宋王の領地に行かねぇなんてことはねぇか」

天祥は顎をこすりながら片頰を持ち上げる。

蘭花は気が重くなり、肩が自然と下がった。息苦しささえ覚えるのは、重量のある婚礼衣裳のせいだろうか。

「はい。僭越《せんえつ》ながら、今回は俺が準備させていただきました。公主さま共々、宋王さまのところにお送りします」

「ま、よろしく頼むわ」

天祥は軽く手を上げる。

お気楽なしゃべりかたと仕草が腹立たしい。

(もしも、わたしが嫁がないと宣言したら、どうするかしら)

怒るだろうか。それとも、そんなに嫌なら仕方ないと考えてくれるだろうか。

勇気を奮って、唇を開く。

「お父さん――」

「蘭花。天下広しといえども、俺のことをお父さんなんて呼ぶのはおめぇだけだ」

天祥がこぶしを膝に軽く打ちつける。

「おめぇがいなくなるのは、正直、寂しいんだ。宋王の機嫌をとるために、おめぇを嫁にやろうと決めたが、やっぱり、いなくなるのは寂しいもんだ」

しみじみとした物言いに、蘭花は開けかけた唇を鎖した。こんな空気の中で、結婚したくないと言えるはずがない。

(明日には出立するというのに……)

天祥を説得しきれなかったのが、今の結果を招いた。

もっと言葉と心を尽くして拒否の意思を伝えたら、結婚せずに済んだのかもしれないのに。

（いいえ、お父さんの意思は何をしても変わらなかったはず……）

蘭花の訴えごときで宋王を懐柔しようという意向を変えるつもりなど、さらさらないはずだ。

「宋王は気難しいお方と聞きますが、公主さまだったら大丈夫でしょう。きっとうまくいくと思いますよ」

宰相の微笑みは止めを刺したも同然だった。蘭花は奥歯を噛んで、膝を曲げると礼をする。

「……陛下のご恩は、嫁いでも決して忘れません。紅夏国の平和のため、宋王さまのお心を慰めるよう努めます」

蘭花が頭を上げると、視界に映る範囲の者たちは、深くうなずいている。

（そうよ、わたしの婚礼は紅夏国のため……）

だから耐えなくてはならないと心の中で繰り返す。

小霞が図ったように蓋頭《ベール》を頭にかぶせてきた。

その姿のまま部屋を辞す蘭花は、楚興の顔をとうとう見ることができなかった。

二章　思い出の地で

船に乗って都を出立し、運河を南に下って二十日後。

蘭花たちは副都である明州《めいしゅう》に到着した。ここは天祥の出生地であり、運輸業を営んでいた故郷だ。元から交通の要衝《ようしょう》だったが、副都に格上げされたのだった。

明州を管轄する官人たちに出迎えられ、蘭花は疲れをおして微笑みを絶やさないよう気を配る。

「公主さま、よくぞお越しくださいました。ごゆっくり休息してくださいませ」

「ありがとう」

「せっかくの公主さまのお越しだというのに、最近、雨続きでして……」

揉み手をする知州《しゅうちじ》に、蘭花は勢い込んでたずねる。

「雨続きということは、どこか増水でもしているのではありませんか？」

明州を中心とした地域は河川や沼沢《しょうたく》が多く、各都市も大小の運河で繋がれている。長雨で河川が氾濫すると、堤防が決壊して城市が水びたしになることもしばしばだった。

知州は蘭花の勢いに目を丸くすると、ことさら大きく手を振った。

「いえいえ。幸いにして、そのようなことは起こっておりません」

「それはよかったわ。各城市や県と連絡を密に取ってくださいね。特に浪青《ろうせい》のあたりは、地盤がやわらかくて山崩れが頻繁に起こるし、橋が流されることもあるでしょう？」

「公主さま、よくご存じで」

びっくり眼《まなこ》の知州に追従するように、他の役人たちが乾いた笑いをもらす。

蘭花はあわてて手で口を覆った。

女は政治にたずさわってはならないとされている。おまけに、蘭花は今、よそ者なのだ。よけいな口出しをしてしまったかもしれない。

「ここには住んでいたから、いろいろと知ってるんです。ごめんなさい。差し出がましいことを言って」

「いえいえ。公主さまのお言葉、ありがたくお受けします」

のんびりした知州の返答を打ち消すような咳払いがした。

知州のそばに控えた役人が冷めた表情で付け加える。

「浪青でしたら、最近、橋を修復いたしましたし、大丈夫かと思います」

「な、なら、よかったわ」

蘭花が何度もうなずいていると、斜め後ろに控えていた楚興が一歩前に出る。

「公主さまはお疲れです。休ませていただいて、よろしいでしょうか」

「それはもちろん。案内をさせましょう」

知州が手を叩くと、控えていた侍女が蘭花に近づき一礼した。彼女に案内されるがまま、隣の楼館《ろうかん》に移る。

回廊から見える外は銀糸のような雨模様で、木々の緑が細い雨に濡れている。北にある都よりも湿った空気は、かえって懐かしい。

侍女に導かれて部屋に入る。清掃の行き届いた気持ちのいい部屋だった。

しかし、蘭花は憂鬱になる。

婚礼を祝っているのか、寝具や衝立《ついたて》は祝事をあらわす真紅の色に染められていたからだ。

「あとはいい」

楚興が告げると、侍女は深く礼をして部屋を去っていく。

残されたのは、楚興と蘭花のふたりだけ。

正対していると、これから怒られるのだと薄々わかっているのに、心臓がどうしようもなく甘く高鳴る。

果たして、楚興は怜悧《れいり》な顔つきでお小言を口にし始めた。

「公主さま。あまり口出ししていると、査定をされているように思われますよ」

「さ、査定？」

思いもよらぬ単語を言われ、前ぶれなく頬をぶたれたように立ち尽くす。

「査定でなければ、調査でしょうか」

「そんなふうに思うの？」

戸惑いもあらわに手を揉んでいると、楚興がひとつうなずく。

「公主さまが皇帝陛下に手紙のひとつでも書けば、陛下は必ずご覧になるでしょう」

「まあ、おそらく見てくださると思うけれど……」

いきなり何を言うのかと思いつつ、蘭花は戸惑いがちにうなずく。

楚興は口元に笑みをたたえると、声だけはまじめに言った。

「公主さまを出迎えるのは、知州たちにとって試験を受けているような緊張を伴います。なんといっても、皇帝と繋がりの深いお方なのですから」

「まさか、密告者だと思われているの？」

さすがに心外すぎて、腰に手を当てて頬を膨らませる。

しかし、彼は怯むどころか、さらに笑みを深めた。

「まあ、そう思う者もいるかもしれません」

「だったら、その人は不正を働いている人ね。何も悪いことをしていないなら、わたしををもらした。

蘭花は自信満々に胸を張ったが、彼は小さな妹でも眺めているようにあたたかな笑い声
「そんなに笑わなくてもいいじゃない」

「公主さまが可愛らしいものですから、つい」

「か、可愛らしい!?」

蘭花は狼狽し、頬をそれこそ熟れた柘榴《ざくろ》の色にする。

「そうですよ、可愛らしいです」

「か、からかわないで!」

「からかってはいませんよ。公主さまは海棠《カイドウ》の花のように愛らしいですね。俺にとって、あなたほど大切な方はいらっしゃいません」

蘭花は、それこそ口をぱくぱくさせた。

息ができなくなりそうで、胸を上下させて深呼吸していると、楚興が眉をひそめる。

「公主さま?」

「あ、あの、なんでもないのよっ!」

盛んに首を振った。心の中を見破られてはいけない。いや、見破られたくない。

だから、話題をまじめなものに引き戻す。

「ね、ねえ、楚興。みんな、わたしを密告者だと思っているの？」

「密告者は行き過ぎた表現かもしれませんが……難しいお相手だと考えているでしょうね」

　強い同意を込めて、楚興がうなずく。

　蘭花は失望の息をついた。

「残念だわ。そんなふうに思われてしまったなんて」

「公主さまが責任を感じられる必要はありませんよ」

「わたしは、わたしじゃなくて、民を怖れてほしいわ。民はここに住んで、ことあるごとに知州の評判を噂しあうわけでしょう？」

「そうですね」

「日常で接する人たちからよく思われるかどうかが、大切だと思うのよ。これは、その……わたしの考えなのだけれど」

　自分の中の基準を整理するように訥々《とうとう》と語る。

　知州たちを一番よく知っているのは、ここに住む民たちだ。

　その統治がよいかどうかを本当に評価できるのは、決して蘭花ではない。

　楚興が目を丸くして驚きをあらわにしている。

「公主さま」

「もしも、お父さんに手紙を書いたとして、わたしの評価だけを鵜呑《うの》みにするなら、お父さんを軽蔑するわ。皇帝として、尊重すべきは民の意見だと思うもの」

もしも、ただ一度訪れただけの蘭花と住民の評価が正反対だとして、蘭花の評を信じるなら、父の皇帝としての能力に疑問符を付けざるを得ない。

「公主さまのおっしゃるとおりです。知州を本当に評価できるのは、住民だけですね」

「そうでしょう」

「ただ、昔から、民の意見は無視されてきたことも確かです。学がない者の意見など塵芥《ちりあくた》と同じように扱われてきた。知州たちからすると、皇帝陛下と直に繋がれる公主さまのほうがずっと恐ろしいと思うのも事実なのですよ」

楚興に指摘され、蘭花は悲しい気持ちで顎を引く。

公主になったから、蘭花は重んじられるようになった。運送業者の娘だったら、官人がこんなふうに接待してくれることはない。

「……身分って不思議ね。生まれながらの公主だったら、あの人たちにへりくだられるのを当たり前だと思えるのかしら」

どんなに公主と呼ばれても、いつも借り着を着ているような気持ちが抜けない。

宋王は蘭花のことを偽公主と評したが、彼は案外、蘭花の本質を見抜いていたのかもしれない。

「……公主さまは不思議なお方ですね」

楚興が澄みきった琥珀の瞳を丸くする。

その視線にさらされていると、蘭花は落ち着かなくなった。

「そ、そうかしら」

「そうですよ。公主さまは不思議です。まったく身分に溺れないんですから」

「……だって、わたしの心は以前と変わらないもの」

自分の胸の内を覗いてみれば、市井《しせい》で生きていたときと変わらないのだと実感する。

むしろ、あのころのほうがのびのびと暮らしていた。

母の手伝いで買い物に出て、いっぱしの大人のように値切れたときはうれしかったし、路上で披露される講釈師の物語や手妻《てづま》は大の楽しみだった。

年に数度、芝居に連れて行ってもらえるのは最大の娯楽で、本当に楽しかった。

あの日々に比べれば、蘭花の生活は格段に豊かになったけれど、何か大切なものを失ってしまったような気がしてならない。

「だからこそ、俺は公主さまにお会いすると、ほっとするんでしょうね」

「ほっとするの？」

「ええ。公主さまにお会いすると、安心しますよ。家に帰ったような気持ちになります」

やさしげな楚興のまなざしに、蘭花の心臓が鼓動を速める。

本当にそう思ってくれているなら感激だ。

「うれしいわ。わたし、いつも楚興を出迎えるのが好きなの。無事に帰って来たことを目にすると安心するの」

「もしかして、俺のことを心配してくださっているんですか？」

「するわよ！　だって、楚興はいつも危険なところに行くじゃない！」

蘭花はつい楚興の腕を両手で掴むと、真剣に訴えた。

都が平和になったのに、彼はまだ辺境の地で起こる異民族の反乱や、軍閥の残党狩りに赴いている。まだ命の危険にさらされている。

（心配でたまらないのに……）

それなのに、楚興との面会はままならない。

だからこそ、宴に忍び込んだりしているのだ。

「楚興には、危ない仕事をしてほしくない」

「危ない仕事をするのが俺の役目ですよ。大丈夫、気にしていません」

「でも……」

蘭花は唇を震わせる。

「お父さんはずるいわ。自分は安全なところにいるのに、楚興は危険な目に遭わせるんだから」

「ずるくなんかありませんよ。それこそ、皇帝陛下の仕事です」

楚興がぷっと噴き出す。軽くあしらわれそうだから、むきになって言い募った。

「楚興は腹を立てたりしないの？」

「しませんよ。する必要がありますか？」

不思議そうにされ、蘭花は絶句する。

楚興は前線に追いやられるのが不満ではないのだろうか。

「戦うのが嫌じゃないの？」

「仕事ですからね。特には何も……」

「でも、下手をしたら、死ぬかもしれないのに……」

自分で口にしたことの不吉さに、ぞっと寒気がした。

楚興の死など考えたくない。

「勝つと気持ちがいいですよ。作戦が当たったときは、すっとしますね」

「そ、そうなの？」

「相手を騙しきれたときは、爽快ですよ。自分には特別な才があると自信が深まりますから」

ほがらかな笑顔で語られ、蘭花はやはりどう反応していいかわからなくなる。

眦の下がったやさしげな笑みを見つめていると、戦はよくないという考え方は単純すぎるのではないかと戸惑ってしまうほどだ。

　蘭花の戸惑いを悟ったのか、楚興がはっとして頭を下げた。

「……くだらないことをお聞かせしてしまい、申し訳ありません」

「くだらなくなんてないわ！　楚興と話ができて、本当に楽しかった」

　蘭花は大げさなほどの笑みをつくって、何度もうなずいた。彼が気分を害して、蘭花と話をしてくれなくなっては困る。

（そうよ、婚礼まであと何日もないのだもの）

　出発するときは、宋王の領地まで四十日の猶予《ゆうよ》がある、楚興と過ごせる時間はたっぷりあると考えていた。

　しかし、実際のところは全然違ったのだ。

　船に乗って運河を下るといっても、夕方には岸辺に停める。

となると、近隣の官人が蘭花のご機嫌伺いに訪れ、宴を催される。

儀礼上、衝立を隔てられるが、それでも彼らの追従には、うんざりさせられた。

けれど、本心を顔や態度に出すわけにはいかない。

常に微笑みを浮かべて応対しなければならず、そうすると公主さまのご機嫌よしという
ことで、彼らはますます調子づいた。

　接待されるのは蘭花だけではなく、お目付け役の楚興も対象となる。

男の楚興は酒の相手をつとめて深更《しんこう》になることもあり、そうなると彼とおしゃべりなどできなくなった。

（あと少しで宋王の領地についてしまう）

なんとか到着を遅らせられないかと思うが、そうなると楚興の評価が下がってしまう。

結局、河に流されるがごとく半分の時間が過ぎてしまったのだ。

蘭花は知らずため息をついた。どうすれば楚興ともっと一緒に過ごせるだろう。

少しでも長く、彼と時間を共にしたいのに。

「ところで、明日は公主さま発案の学舎を見学に行くご予定でしたね」

「そうよ。どうなっているのか見に行きたいの。楚興も行ってくれるわよね」

確認の意を込めて見上げると、楚興は穏やかな表情のままうなずいた。

「もちろんです。俺は公主さまの護衛なんですから」

「よかったわ。その……わたしも、初めて行くの。うまくいっているといいのだけれど」

蘭花がはにかむと、楚興が力強くうなずいた。

「学舎の評判はよいそうですよ。俺も楽しみです。では、明日、お迎えに参ります」

「お願いね」

たかが要件の確認だけなのに、蘭花はうれしくてたまらなかった。

彼と親しげに言葉を交《か》わせるのは、大きな幸せだ。

「では、失礼します」

と言いながら、楚興は動かない。そこで、やっと気づいた。

蘭花は彼の腕をずっと摑んでいたのだ。

ぱっと手を放すと、他意はないと示すため首を横に振る。

「あ、ごめんなさい。つ、つい……」

彼との会話に集中しすぎていて、彼を拘束していたことさえ忘れていた。

恥ずかしすぎて、首から上が茹《ゆ》だったように熱い。

「かまいませんよ。いつでも俺の腕に摑まってください。でも、他の男に同じようにしては駄目ですよ」

意味深な発言に、蘭花はますますうろたえてしまう。

「そ、その……わたし、誰にでもこんなことはしないからっ！」

言い放ってから、楚興の顔を覗いた。他の男に同じようにするなという真意を知りたかったのだ。

しかし、彼は微笑みをたたえたまま。かえって何を思っているのかわからなくなる。

（ただ軽率な真似はするなと忠告しただけだわ……）

自分以外の男に触れるなという独占欲のあらわれだと考えるのは、あまりにも自分に都合がよすぎる。

「……はしたない真似をして、ごめんなさい」

自らをたしなめるように唇を噛むと、彼は目を細めて礼をする。

楚興が部屋を出たあとも、蘭花の火照りは熾火《おきび》のように身体の底に残った。


翌日、雨はやんだものの、灰色の雲が朝から重く垂れ込めていた。

蘭花は楚興や小霞と共に城市に出た。

お忍びのお出かけなので、蘭花が着ているのは薄緑の膝丈の上衣と濃緑の裙だ。上質な絹を使っているが、織りの文様は控えめだ。

連れのふたりも地味な格好をして、侍女と付き人のように振る舞っている。

三人で向かうのは、蘭花の提案で整備された学舎だ。

学舎は明州の中心部にある紅家の邸の跡地に建っていた。

紅家の邸は戦のさなかに敵対勢力に燃やされてしまい、戦後は皇帝の故地として更地のままにされていた。

蘭花は化粧料を使って、そこに三層造りの学舎を建ててもらったのだ。

きっかけは、戦で夫を失った妻や子たちが生活苦にあえいでいると聞いたことだった。

明州の名産は織物や刺繍だ。それを習い覚えて製作するようになれば、暮らしが成り立つ程度の賃金を手に入れられる。学舎では、織物や刺繍の技を伝えていた。

学舎で出迎えてくれたのは、紅家と付き合いのあった織物業者だ。

白髪の翁《おきな》だが、微笑みは人懐っこく話のわかる人物だった。

戦で工房を失った彼は、蘭花の頼みに応じて、機織りや刺繍の技術の伝授と仕事の斡旋《あっせん》をしてくれていた。

「技術を習得した者たちは、独立したり、知り合いの工房で働いてもらったりしております」

「それはよかったわ。いろいろとお願いするばかりで、ご迷惑じゃないかしら」

「公主さまからは援助をいただいておりますからね。大丈夫ですよ。それに、わたしも暇ですから、楽しんでやっております」

織機の前で織物を製作する女たちを見渡しながら、翁はうれしそうに目を細める。

彼が戦のさなかで家族を失ったことを知っているだけに、蘭花は彼の両手を包まずにはいられなかった。

「本当に感謝しています。ご協力をいただいて」

「公主さまこそ、下々の暮らしにまで気を配っていただいて……。なんとお礼を申し上げてよいやら」

「お礼なんか要らないわ。わたしが自由だったら、もっと関わりを持てるんだけれど……」

失望のあまり、地面に視線を落とす。

平和になったからといって、民の生活がすぐに改善されるわけではない。

とりわけ夫を亡くした女たちは、暮らしを立てなおすのに苦労しているという。

居ても立っても居られないが、蘭花は深窓の身でなかなか外に出られない。

だから、皇帝にいただく化粧料を使って、明州で試験的に学舎をはじめてもらった。

幸い、翁のような協力者を得ることができたため、明州の学舎はうまくいっている。

これを国の各地に広げるのが、蘭花の目標だった。

「公主さまは嫁がれる身。今でも十分ご協力をいただいておりますよ」

「そうかしら……」

蘭花は力ない微笑を浮かべる。

宋王に嫁いだら、学舎を広げる活動などできなくなるのではと危惧していた。

(そうよ、できなくなりそう。あの男が許してくれるのかしら)

粗相をした女官を殺そうとした男が、生活に苦しむ民を助けようなどと考えるのだろうか。

宋王に想いを馳せるほど、気鬱になってしまう。

「公主さまはどうぞご安心して嫁がれてください。学舎は我々でやっていきます」

翁の発言に、悲しみが押し寄せる。

真心からの申し出だと理解しているが、相手が宋王では安心して嫁ぐどころではないからだ。

呆然と立ち尽くしていると、背後に控えた小霞が背をつついた。

びくっと肩を揺らして、蘭花は気持ちを切り替える。

「ありがとう。学舎については、皇帝にも推進していただくようお手紙を書きます」

心からの感謝を込めて翁の手をくるむと、彼はうれしそうに目を細めた。

涙で潤んだ瞳を見ていると、自分のことばかり考えていてはいけないと反省してしまう。

「この学舎がうまくいっていることを陛下にお伝えすれば、他にも広げてくれるかもしれません」

「だとすれば、うれしいことですな」

翁がにこにこと笑っている。励まされたような気になって、蘭花は安心させるべくうなずいた。

「そうね。わたしもがんばるわ。微力だけれど……」

翁をくるむ手に力を入れてから、蘭花は微笑む。

その微笑みが情けないほど嘘くさくなっていることを自覚せずにはいられない。

「公主さま、もうそろそろ……」

遅くなってはいけないと楚興に促され、蘭花は名残惜しく思いながら翁の手を放した。

「公主さまのお幸せをお祈りしております」

「ありがとう。ご無理をなさらないでね」

互いをいたわる挨拶を交わしてから、蘭花は学舎の外に出た。

空は未だに灰色の雲に覆われている。

蘭花は楚興と小霞を引きつれて、大路を歩く。

夕暮れも近くなった明州の大路は、賑わいを増していた。

店の前を行き交う人々にまぎれていると、ここに住んでいたころを思いだす。

「ねえ、小霞。あのお店、昔はお茶屋さんだったわよね」

「そうですね。今は餐庁《しょくどう》に変わっちゃったみたいですけど」

「あそこの宿屋はもっと小さかったのに建て増ししたのね。ずいぶん大きくなって……」

「あら、本当」

「あのお店、おいしい炸糕《あげもち》屋さんだったのに、今は違うお店になってしまったのね」

「本当に、って、公主さま。まるでお婆さんみたいな昔話はやめましょうよ」

「ひ、ひどいわ、小霞。お婆さんだなんて」

「だって、そうじゃありませんか。昔はこうだったって懐かしむ話ばかり。お婆さんの繰《く》り言みたいですよ」

ふたりの言いあいを聞いて、背後にいた楚興が押し殺した笑い声をあげる。

蘭花は頬を真っ赤にして振り返った。

「楚興ったら、ひどいわ。そんなに笑う必要はないじゃない」

「おふたりの仲のよさに、つい」

「白将軍、よくおわかりで。あたしと公主さまはなんでも話せる仲なんです」

小霞がぐんと胸をそらす。

呆れて指摘せずにはいられなかった。

「小霞ったら、信じられないわ。わたしのことをどう思ってるの？」

「お仕えすべき大切な公主さまです」

「本当なの？」

「本当ですとも。あっ、公主さま。あの芝居小屋を見てください！」

横から頬を押されて、強引に顔の角度を変えられる。

「小霞！」

「ほら、あたしたちが都で観たお芝居ですよっ！」

芝居小屋の周囲に設けられた看板や、屋根から吊された旗を見るに、演目は都で観たものと確かに同じのようだ。

「もしかして、公主さまがおっしゃっていた、記憶を失った天女がどうのこうのというお芝居ですか？」

楚興の問いにうなずいていると、小屋の前にいる若者が、もうすぐ開演することを叫んでいる。

「そういえば、あの劇団は国中を巡演していると聞いたわ」

蘭花が楚興に説明してやっていると、小霞が満面の笑みになった。

「すっごい縁《えん》を感じます。きっとこれは運命なんじゃないかしら⁉」

「う、運命？」

蘭花が面食らっていると、小霞は手を組み合わせ、うっとりと芝居小屋を見つめる。

「そう、運命です。あたしがあの役者と再会できるようにという月下氷人《げっかひょうじん》の計らいです！」

「それはないと思うけど……」

困惑しつつばっさり否定する。

月下氷人は伴侶となるべき男女を赤い糸で結ぶという縁結びの神だが、小霞と役者にそんな縁があるとは思えない。

「単なる偶然でしょう」

楚興の冷静なツッコミもなんのその、小霞は蘭花の腕を掴むと、子どもが甘えるように揺すった。

「公主さま。芝居を観に行ってもいいですか？」

「は？」

「知州が宴を開くまでには、まだ時間がありますよね。つまり、公主さまが身支度を始めるまでには余裕がありますよね。つまり、つまり、それまでお芝居を観てもかまいませんよね!?」

勢いに、ぽかんと口を開いてしまう。楚興が派手に咳払いをした。

「小霞どの。公主さまは遊びに来たわけじゃないんだ」

「だから、お芝居はひとりで観ますってば。白将軍がついていれば、お帰りは大丈夫でしょう?」

「ええ!?」

小霞に言われ、蘭花は楚興を振り返った。

きっと真っ赤になっているであろう自分とは異なり、彼はいたって冷静だ。

「俺は別にかまわないが……」

「だったら、話は決まりです! あたしはひとりで芝居を観ます。公主さまは白将軍とお戻りください!」

小霞は猪《いのしし》のように芝居小屋に走っていく。

もうすぐ開演なのだから急ぐのは当然だろうが、懐から取り出した小袋から銅銭を払うと、遠目でもはっきりとわかるほどいそいそと中に入っていく。

呆然として見送っていると、横から肩を叩かれた。

隣には楚興が立っている。とたんに彼の存在感が増し、蘭花の心が浮き足立つ。

（楚興は誰よりもすてきだわ）

背が高い彼を見上げるのが、蘭花はいつも好きだ。

心臓がどくどくと脈打って、指の先まで痺れるような感覚になる。

彼に支配されているような気分になってしまう。

「帰りましょうか。俺が送りましょう」

「え、ええ！」

声が無様に裏返る。

（も、もう恥ずかしいわ）

頬を朱色に染めて、蘭花は歩きだした。

楚興が歩幅を合わせてくれる。

それすら、彼への想いを募らせた。

宋王だったら、こんなふうに歩いてくれないだろう。周囲の人間のことなど、気遣いもしないに違いない。

「小霞どのは困った娘ですね。俺と公主さまをふたりっきりにして」

「え？」

楚興は眉を寄せたまま、蘭花を見下ろす。

「そうでしょう。下手をすると、誤解を招きますよ」

「わ、わたしと楚興が特別な関係だと思われてしまうということ？」

「ええ。まったく、ずいぶん浅はかだ」

楚興は額を押さえて、深く息をついている。

（もしかして、嫌なのかしら）

蘭花はうれしすぎてふわふわと浮いているような気分なのだが、彼は迷惑しているのだろうか。

「そ、そうよね。楚興の評判が悪くなったら、大変だわ」

「俺が心配しているのは、公主さまの評判ですよ」

「わたしの評判なんか気にしないで！」

蘭花はあわてて首を振った。

すぐ帰ろうなどと言われては困る。

少しでもふたりきりでいられるよう、時間を稼がなくては。

「ね、ねえ、船着き場に行きましょう。久しぶりに見たいの」

楚興との思い出が残る場所だ。ここを去ったらめったに戻って来られないだろうから、最後に足を運んでおきたい。

「かまいませんが……」

楚興の表情に迷いが宿っているので、さらに駄目押しした。

「わたし、どうしても行きたいの。宋王の領地に行ってからだと、ここには来られなくなるわ。最後に目に焼きつけておきたいの」

「目に焼きつけておくほどのものなど何もないと思いますが……まあ、いいでしょう。お連れしますよ」

楚興に了解されて、蘭花はとたんに胸が晴れた。

「うれしいわ！　じゃあ、行きましょう」

船着き場は昔と変わらないと聞いている。蘭花は弾むような足取りで、運河に向かって歩いていく。

明州は運河を中心にできたような街だ。はるか都までゆるゆると繋がる運河は、明州から南にさらに下れば、海へと辿りつく。

明州は海から運ばれた荷の荷卸し場だった。ここが中継地点となって、さらに北や西へと運河や河川をつかって荷が運ばれる。

だから、船着き場はいつも大変な賑わいだった。周辺から集められた物産が下ろされたり乗せられたりと、忙《せわ》しない。

男たちが時には声を荒らげながら、荷を積んだり下ろしたりしている。

船着き場の周辺には屋台もひしめいていて、昼食や軽食を常時提供していた。おかげで、一帯はいつもおいしそうな匂いが漂っていたものだが、それも変わらない。今も、あぶり肉から立ちのぼる脂《あぶら》じみた煙や揚げた小エビの香ばしい香りが満ちている。

蘭花は少し離れた柳の下で賑わいを眺めながら、懐かしさに目を細めた。

かつては、楚興もあの中の一員だった。黙々と働く彼を、すぐに探し当てることができたものだ。

今は横に立つ楚興をちらりと見上げて、蘭花は素直な感想をこぼす。

「すごい賑わいね」

「副都に格上げされてから、さらに忙しくなったそうですよ」

「そうなの？　喜ばしいことね」

そう答えながら、蘭花は上の空になっていった。

船から桟橋《さんばし》に降りた若者に、大胆にも抱きつく少女が見えたからだ。

少女を抱えるようにして、若者は岸に続く階を上っていく。

覗きをしているような居心地の悪さを感じつつ目を離せなかったのは、うらやましかったからだ。

ふたりは恋人か夫婦なのだろう。

再会を喜ぶ様子は、蘭花がもし楚興と夫婦になったら、ああなれたかもしれないという羨望を生みだした。

「……いいな」

「な、なんでもないのっ！」

ひとりごとのつもりだったのに、つい声に出てしまっていた。大あわてで両手を振る。

「そう言われると、気になりますよ。何がいいんですか？」

「ほ、本当になんでもない――」

懸命にごまかすのだが、楚興は疑わしそうなまなざしを解かない。

蘭花は仕方なく言い訳をする羽目になった。

「……ああなりたかったのよ。好きな男《ひと》を出迎えて……無事を喜んだりしたいなって」

「それだけですか？」

「そ、そうよ。わたしの言っていること、おかしい？」

「おかしくはありませんが……ずいぶんささやかな願いだなと」

「わたしの望みなんか、いつもささやかだわ」

蘭花はしみじみとつぶやく。

高貴な身分になりたいだとか、お金持ちになりたいだとか考えたことはない。

いつだって望みはひとつだった。

楚興と一緒になりたい。

もっとはっきり言えば、妻になりたい。

(考えるとむなしくなるばかりね)

どんなに祈っても、かなわない願いになってしまった。

抱えているのが、苦しいだけの望みだ。

(楚興の記憶を失ったら、きっと楽になるわ)

彼を好きだという想いが消えてなくなったら、たいした憂いもなく宋王に嫁げただろう。

しかし、そんなことが不可能なのは、自分がよく知っている。

楚興を忘れたくない。いや、忘れられるはずがない。

もどかしさに胸をかきむしりたくなる。

気晴らしに、近くに垂れている柳の枝を揺らしてみる。運河を覗くように垂れている枝の緑は、鮮やかだ。

「公主さまは、もっと身勝手になってよいと思いますよ」

楚興が突然発した一言に驚き、彼を見上げた。彼は眦を下げて、蘭花をやさしく見つめている。

「身勝手?」

「そうですよ。公主さまは他人のことばかり気遣っておられる。もっと自分を気遣ってもいいと思いますよ」

「自分を気遣うって……」

「わがままになっていいということです」

わがまま、と蘭花は口の中で繰り返す。他人を気にせず、己の意見を主張していいと言っているのだろうか。

『蘭花、みんなのことを考えて行動するのよ』

生前の母の口癖だ。

『うちにはたくさんの人が働いているでしょう。みんなが働きやすいようにするのが、蘭花やお母さんの役目よ』

紅家は多くの男たちを雇っていて、家庭のない者は邸の部屋に寝泊まりさせていた。母は毎日、食事の用意、部屋の掃除、たくさんの衣服の洗濯に繕い物など、休む間もなく働いていた。

そんな母は、男たちから実の母のように慕われていた。母の献身をみなが認めていたのだ。

(お母さんみたいになりたいと思っていた)

あんなふうに、強くてやさしくなるのが目標だった。

わがままでは母のようになれない。

欲望を制御する自制心を保つのが肝要だ。

でも、そうしていると、冒険に踏み出せなくなっていた。大切なことも言えなくなってしまっていた。

「でも、迷惑は、かけられないもの」

「俺にならかけてもらってかまいませんよ」

楚興の微笑みがやさしい。甘えてしまいたくなるほどに。

「そんなに言うなら、身勝手なお願いをするわよ」

「なんですか？」

楚興がひそひそ話をするときのように、頭を傾けて耳を近づけてくる。

蘭花はわずかに背をそらして、楚興の端整な横顔を見つめた。

（どうしよう……）

本心を伝えたら、応えてくれるだろうか。

（わたしを連れて逃げてと言ったら……）

一緒にどこか遠くに逃げてくれるだろうか。

「楚興……」

「なんですか、どうぞおっしゃってください」

思いやりにあふれた笑みをたたえて、蘭花を一心に注視してくれる。

そんな表情をされると、雲間をたゆたうような幸福感が消えてしまった。

（わたしのわがままで、楚興の未来を壊せない……）

自らの血を流して今の地位を築いたというのに、失わせるわけにはいかない。

(それに、わたしの結婚は宋王を抑えるためのものなのよ)

五年前、父が劉氏の一族に王の地位を与えたのは、反抗勢力を弱めるためでもあった。

紅夏国に従えば、それなりの地位を得られると示すためでもあったのだ。

敵対勢力の中には、劉氏が篤《あつ》く遇《ぐう》されるのを見て、抵抗をやめて皇帝に取り立てられる道を選ぶ者もいた。

とはいっても、宋王があまりに強勢になりすぎると困る面もあった。国の中にもうひとつ国ができるのも同じになるからだ。

蘭花の婚礼には、宋王が皇帝に反抗しないよう親族として取り込むという意味もあるに違いない。

(だから、結婚は避けられない……)

けれど、言ってみたいという欲求に引きずられそうになる。

一緒に逃げてほしいと訴えたら、どうなるだろう。

しかし、蘭花は未練を断ち切るように首を左右に振った。

喉が渇いているときに差し出された水を拒否するような心地だった。

「……お願いなんか、なかったわ」

「ないんですか？」

「ないわ。何もないの」

かたくなな表情になっていたのかもしれない。

ふたりともしばし沈黙していたが、楚興がふっと唇を緩ませた。

「公主さまはいつだって他人を優先に考えるんですね」

「そうかしら……」

「そんなふうだと、大切なものをかえって失ってしまいますよ」

頬に吹きかけられた息は冷たく、背がひんやりと凍《こお》る。

「わ、わがままなほうが大切なものを失ってしまうんじゃないかしら」

かろうじて反論すると、楚興が唇の端を持ち上げた。

「公主さまは何かを手に入れようと必死になられたことはないでしょう」

皮肉気な笑みは公主に対しての敬意を欠いていたが、真情を吐露《とろ》してくれたようで胸が甘くうずいた。

「楚興はあるの？」

「ありますよ、俺は。いくらでもあります」

断言してから、船着き場に視線を送る。

楚興の見る先を一緒に眺めていると、黙っていた彼が再び唇を開いた。

「陛下に拾っていただく前、俺がスリや物乞いをしていたことはご存じでしょう」

「え、ええ」
ためらいがちにうなずいた。
彼が天祥に雇われる前、破落戸《ごろつき》に使われていたことは知っている。
スリや物乞いをさせられた上、儲《もう》けは奪われていたという。
「たいして珍しい話じゃありません。親を失ったガキの行く末としては、ありふれていま
す。でも、俺はそこから逃げたくてたまらなかった。自由を手に入れたかった。ふんぞり
返った破落戸をいつか殺してやろうと思っていました」
淡々とした告白は、初めて聞くものだった。
蘭花は石を投げられたような衝撃を受け、にわかに速くなった鼓動を抑えるよう胸に手
を当てて深呼吸する。
「それで、どうしたの？」
「十四、五のころでした。ある日、稼ぎが少ないとひどく殴られましてね。弟のように世
話をしていたガキが死んで、破落戸の機嫌をとる必要がなくなっていた。我慢も限界だっ
たから、手近にあった短刀で奴を刺しました」
さっぱりと笑う楚興には、罪悪感がみじんもない。
むろん真に悪いのは破落戸なのだが、後ろめたさを一切あらわさない楚興に、蘭花は戸
惑った。

「お父さんに会ったのは——」

「ちょうどそのときです。返り血を浴びた不審な俺は運悪く捕吏《ほり》に追われてしまいましてね……かくまってくださったのが陛下でした。事情を聞いた陛下は、自分のもとで働けば寝食には困らないと言ってくださった。お世話になろうと決めました」

「お父さんと会ったのは、いい巡りあわせだったのね」

なんとか明るく言ってから、本当にそうだろうかと疑わずにはいられなかった。

父と会い、仕えるようになったからこそ、戦場が仕事場になってしまったのだ。

「ええ、陛下とお会いできたのは、俺にとって最高の幸運でした。陛下とお会いし、力を認めていただいたからこそ、今の地位を築けたんですから」

「でも、だからこそ、危険な目にも遭っているわけでしょう？」

蘭花は手を揉みあわせながら眉を寄せる。

ある意味、父に都合のいいように利用されていると表現せざるを得ないのだ。

「戦場に行けば命を懸けるのは当たり前ですから」

「……でもやっぱりわたしは心配よ」

蘭花はしょんぼりとうつむいた。

まるで柳のように頭を垂れてしまうのは、常に死と隣り合わせにいる楚興の人生がつらかったからだ。彼が励ますように蘭花の肩をぽんと叩いた。

「どうかお気になさらず。俺はどんなときだって楽しんでいますから」

「楽しむ？」

「ええ。戦場の勝負は命を懸ける博打《ばくち》です。血が騒ぐおもしろさですよ」

「そう……なの？」

どうにも理解できず、戸惑いながら唇だけを笑みの形にした。

たまに楚興が遠く離れたように感じられるのは、錯覚ではないだろう。

「公主さまは感じたことがありませんか？　今ここが人生の勝負時だという一瞬を」

「……いいえ、ないわ」

「俺はありますよ。仙湖の戦いのときがそうでした。あのとき、功をあげれば俺の格が上がるはずだと踏んで行動しましたが、大正解でしたよ」

楽しそうに語る楚興に言葉を失ってしまう。

仙湖の戦いで、彼は敗軍のしんがりというもっとも危険な任務についた。敗走する軍の最後尾で敵を食い止めて味方を逃がすという、もっとも難しく命を危うくしかねない役目だ。

ともすれば、自分が死んでもおかしくない状況だったのに、楚興はまるで盤上遊戯《ばんじょうゆうぎ》に勝ったかのように無邪気に語る。

戸惑いを覚えずにはいられなかった。

「楚興は自分を粗末《そまつ》に扱いすぎよ」

「まあ、俺の命など安いものですから」

「安くなんてない。自分を卑下《ひげ》しないで」

もしかしたら、破落戸《ごろつき》に乱暴に扱われたことから、自分の価値を低く見るようになったのだろうか。

彼は大切な存在だと伝えたかった。

だから、勇気をふるって楚興の身体にそっと腕を回す。抱きしめて、必死に訴える。

「楚興はわたしにとってとても大事よ。こ、心の中では一番なんだから」

ほんのわずかな間のあと、彼が頭の上にぽんと手を置いた。

穏やかに微笑む彼を見つめていると、にわかに恥ずかしくなって顔が熱くなった。

長風呂でもしてしまったように、めまいがする。

「ありがとうございます。公主さまの一番だなんて、光栄ですね」

「ええと、変な意味じゃないのよ。その……変な意味じゃないの」

あわてて離れると、両手を振った。

彼はにっこり笑うと、一歩近づいてくる。

手首を握られ引き寄せられて、力いっぱい抱きしめられた。

背に回った楚興の腕は若木のようにしなやかで、頬に当たる胸板は重ねた服の上からで

もわかるほどたくましい。

互いの身体の凹凸がわかるほどに密着してしまい、動揺で小さく身震いする。

けれど決して不快ではなく、むしろいつまでも彼の腕の中にいたいと思うほどに心地よい。

(どうしよう……このままずっとこうしてほしい)

いつまでも体温を分かちあうような抱擁を続けたい。

「公主さま、欲しいものはご自分で手を伸ばして掴まなければだめですよ」

耳元にふっと注がれる声が飴《あめ》のように甘い。

蘭花はそろそろと見上げた。

口角を持ち上げて、彼は不敵に笑っている。

その笑みの底にあるのが決して善心ではないとわかってしまうのは、なぜだろう。

強い引力を秘めた瞳を見つめながら、口が勝手に動く。

「自分で掴む?」

「そうです。誰かから与えられるのを待っているようではいけません。自分の手で幸福を掴むんですよ」

楚興の瞳は琥珀のように澄んでいる。

しかし、瞳の奥に隠しているはずの心は、まったく目にすることができない。

本心ではどう思っているのか、わからない。

蘭花は彼の目に映る自分を見つめながら、このままでいいのかと疑問を抱かずにはいられなかった。

三章　かりそめの夫婦

明州を出発してから五日後。

蘭花たちは浪青への道のりを進んでいた。

明州を出発した日からずっと雨が続いている。

道はぬかるみ、四十を超える警護の兵たちが着た蓑《みの》からは絶え間なく雫が落ちている。

彼らの一部は棍《こん》を手にしていた。武器の持ち込みは宋王から禁じられているためだという。

すっかり濡れそぼっているのに、彼らはよく鍛えられているのか表情ひとつ変えない。

(荷物もあるから大変だわ)

荷車に載せられた婚礼の品を詰めた黒檀の櫃《ひつ》も筵《むしろ》で覆われ、それからも水が滴っている。

楚輿が準備した婚礼道具の一部は、別途水路を使って送られているらしい。

小霞が飽き飽きしたように、馬車の座席で足を伸ばす。

「雨、ひどいですね」

「南は北より雨が多いものだけれど、こんなに降っていたかしら」

向かいあって座る蘭花は、いつもの癖で蝶の銀釵《かんざし》に触れてから、外を覗いた。

細い雨がしとしとと降り続いている。

今日中に浪青に着きたいと楚輿は主張したが、出発はとりやめるべきだったかもしれないと蘭花は後悔していた。

「五年ぶりですものね。あたしは北よりも南のほうが好きです。お肌の調子もよくなりますし」

「そうね。北は乾燥しているから」

相槌を打ったものの、この期に及んで美容の話をしている小霞に、呆れてしまう。

(わたしを気遣ってくれている……というより、いつものおふざけね)

悪い娘ではないのだが、物事をまじめに考えないところがあり、蘭花はいつもびっくりさせられてばかりだ。

「それにしても退屈ですね。宋王さまの領地は本当に遠いんだから。嫁いだら、都におちおち戻れませんね」

「嫌なことを言わないで、小霞」

「本当のことじゃないですか」

小霞の軽すぎる発言に、こめかみがぴくりと動いたときだった。

軽い振動と共に馬車が止まる。

まばたきをしてから、小霞と顔を見合わせた。

「どうしたのかしら」

「隊列が止まっていますね」

小霞は窓から外を眺めると、蘭花を振り返った。

「先のほうの崖が土砂崩れを起こしているようですよ」

「それは一大事だわ」

蘭花は眉間に皺を寄せ、掌で口を覆った。

宋王の領地に向かう場合、山々の間を縫って浪青に向かうこの道を使うのが、一番近いのだ。

(でも、土砂崩れが起きやすいのよね)

このあたりは地盤が緩いのか、長雨が続くと土砂崩れが起きる。河の水かさが増すと、橋が流されることもあった。

短い沈黙のあと、蘭花はつぶやいた。

「戻ったほうがいいでしょうね」

「でも、そうすると、ずいぶん遠回りになりますよ。この道を迂回《うかい》すると、七日はよけいにかかるんですから」

「そうなのよね。それが悩みどころで――」

そう言いかけて、ふっと頭に妙案が浮かぶ。

(ここはいったん戻ろうと提案すればいいんだわ)

迂回路を使えば、宋王の領地に着くまでの時間が稼げる。

到着までの時間が長くなればなるほど、楚興と一緒にいられるのだ。

(ここで戻って迂回路を行こうと言うのは、決してわがままではないわ)

むしろ、適切な提案に違いない。

はやる心を抑え、冷静を装うと、小霞に告げる。

「小霞、わたし、楚興と話をしてくるわ。ここは、いったん明州に戻ったほうがよいと思うの」

「じゃあ、白将軍を呼びましょうか?」

「呼びつけるのは気の毒よ。わたしが楚興と話をしてくるわ」

「こんな雨の中、外に出させるわけにはいきませんよ」

「かまわないわ。むしろ、みんな濡れているのに、わたしだけ屋根の下だなんて、申し訳なかったから。それに、新鮮な空気も吸いたいし」

呆れたふうな小霞に止められないうちに馬車を飛び降りる。

とたんに雨が顔に降りかかってきた。

蘭花はひとまず楚輿を探そうと周囲を見渡す。

通っているのは絶壁伝いの道だった。ほぼ垂直に立ち上がる土の壁には樹木がまばらに生えている。

道の下は崖になっていて、土の色をした河の水がざあざあと音を立てて流れていた。

不気味な音に蘭花の足がすくんだが、ぼんやりしていては本当にびしょぬれになってしまう。

視線を転じると、隊列の先頭のほう——土砂で道がふさがれたところに男たちの一団があった。

蘭花はその中に楚輿を見つけると、一目散に走りだす。

連なる列に並んだ兵士たちが驚愕《きょうがく》の声を放った。

「公主さま、お戻りを！」

「公主さま、いけません」

蘭花の進路を屈強な兵がふさぐ。

「に、逃げているわけではないわ。白将軍とお話がしたいだけよ」

「では、将軍を呼んでまいります。ひとまず馬車にお戻りください。お風邪でも召したら大変です」

「わたし、とても丈夫だから、風邪なんかひかないわ」

「それが問題なのではございません。どうかお戻りを」

じれったくなるような押し問答を続けていると、先頭の集団から楚興が駆けて来た。

雨に打たれているというのに足取りは落ち着いており、それだけで胸を撫でおろしたくなる。

「どうした？」

「こ、公主さまが馬車からお出ましになって――」

屈強な男は、年下のはずの楚興に対してどこか及び腰だ。

楚興は彼を追い越すとき、いたわるように肩を叩いた。そうされてから、男はようやくきつく寄せていた眉根をほどく。

楚興は蘭花の前に立つと、着ていた蓑を脱いで着せ付けてくる。

「まったく何をお考えなんですか？　こんな雨の中を出てくるなんて……」

ぶつくさ説教をしながら、雨に濡れた蘭花の頬を手の甲でぬぐう。

頬に当たる硬い感触にどうしようもなく胸を熱くしながら、蘭花は反論した。

「楚興も濡れているわ」

「俺は濡れてもかまわないんですよ。公主さまを冷たい雨の中にさらしたなどと皇帝陛下に知られたら、一大事です」

「お父さんはそんなことで楚興を責めたりしないわよ」

「責められてもかまいませんけれどね。とにかく馬車に戻ってください」

「あのね、それより話があるの」

「わかりました。とにかく一緒に馬車に乗ってお聞きしま——」

楚興の声が途切れる。

ごごご、という不穏な音が鳴り響いた。

蘭花はとっさに頭上を見上げて目を見開いた。

大量の土砂が滑り落ちてくる。渦巻く土の波は木々を押し流し、あっという間に迫って来た。

どこかから野太い叫びが聞こえるが、足がぴくりとも動かない。

「公主さま！」

楚興が蘭花の手首を摑む。

答えようとしたが、土砂の波に押し流された蘭花は、すぐに意識を手放した。

昼なお暗い洞窟《どうくつ》で、蘭花は膝を抱えて座っていた。まだ十三歳なのに、身体が泥を詰められたように重いのは、よく眠れない日々が続いているせいだ。

いつになったら、父は迎えに来てくれるのだろう。

異民族への反乱が広がりつつあるという噂を聞いた父は、明州の役人を追い出してにわか権力者になった。

周囲の城市の守護部隊と戦になり、勝利を収めた天祥のもとには、噂を聞きつけて腕っぷしの強い男たちが集まっている。

その中には、当然のように楚興が加わっていた。彼らは天下を奪うための戦いに身を投じている。

戦が始まってから、蘭花はずっと母と逃げていた。捕まって人質にされたら大変だからだ。

父の足手まといにならないようにあちこちを逃げる日々。母が病で死んでも、蘭花はまだ逃げている。

いや、逃げなくてはならないのに、無気力だった。母の葬送をしてから、身体に力が入らない。

『お嬢さま、あたし水を汲《く》みに行きますから』

小霞は数本の竹筒を結《むす》んだものを手にしている。蘭花は洞窟の壁に背を預けたまま、ぼんやりとうなずいた。

『……お嬢さま、元気だしてくださいよ』

小霞がしょんぼりと言う。

励ましてくれているのだとわかっていても、彼女の望みどおり笑うことはできない。小さく顎を引くだけに留めると、小霞が顔をくしゃりとしかめたあと、外に出る。ひとりになると、ひどく気が休まった。

天祥が戦場に行ってから、ひとつところに落ち着いたことがない。

母と小霞と自分とごくわずかな護衛で身を隠しつつ敵の目を逃れていた。

敵といっても、旌旗《せいき》をかかげた兵だけでなく、ごくふつうの格好をした間諜《かんちょう》もいる。

父が挙兵してから、蘭花は街中を歩くときでさえ、昔とは違い全身に警戒心を満たした。

そして、疲労困憊《こんぱい》に陥った。蘭花だけでなく母も同じだった。

元々身体の強くない母は胸の痛みを訴えるようになり、連れ歩くのにひどく神経を使った。

敵に追われ、あせって逃げるときも、母の歩きはゆっくりだ。

むろん仕方のないことだが、蘭花の緊張はほどけることなく、むしろ常に張りつめていた。

抱えた膝に顔をうずめる。にじんだ涙で、裙が濡れていく。

母が死んだとき、後悔ばかりした。

やさしくできなかったという自覚があったからだ。心のどこかで病の母を邪険にしていた。

野望のままに戦場に行った父を呪い、足手まといを詫びる母に苛立っていた。

自分はひどく身勝手な娘なのだ。

そう思うと、蘭花はただ座っていることができなくなった。

身体の芯がたぎって、じっとしていられない。すくっと立ち上がり、洞窟の入り口へと向かう。

夕闇が迫っていた。山は暮れるのが早い。橙色《だいだい》の太陽が山の端に消えていくと、またたくまに薄暮《はくぼ》に包まれる。

蘭花は洞窟から出ると、森の中にふらふらと歩いていった。

消えてしまいたいと思った。

勝手な父への怒りが、やさしかった母への思慕が足を勝手に動かす。

だが、木々の間に消えようとする蘭花の肩を背後から摑む手があった。

『お嬢さん、どこへ行くんですか?』

振り返って、驚きに目を見張る。そこにいたのは、戦場にいるはずの楚興だったからだ。

土埃で汚れた顔、すりきれた服を着ている。けれど、汚いなんて思わなかった。

むしろ、楚興への想いが泉の水のようにわきだした。

『楚興……』

『お喜びください。天祥さまは郭南陽との戦に勝利しました。天下は天祥さまのものです』

彼の声は弾んでいる。ついに天下を手に入れたことが、そんなにうれしいのだろうか。

蘭花は声を失った。

もっと早ければよかったのにと思わずにはいられなかった。

そうしたら、母を安全な場所で休ませられたのに。失わずに済んだかもしれなかったのに。

ふつふつと湧いた怒りに頭の中が支配される。呪いが喉の奥からほとばしった。

『喜べないわよ。お母さんは死んでしまったのに……！』

叫ぶとますます怒りがふくれあがる。

目をつりあげて、いつもだったら出さないほどの大声を張り上げていた。

『お父さんのせいよ、お父さんが勝手だから！　お、お父さんがお母さんを殺したようなものよ！』

感情が爆発して顔が歪《ゆが》む。

見られたくないから必死にそらすと、楚興は蘭花の腕を掴んで、きつく抱きしめた。

楚興は何も言わない。ただ抱きしめて、背を撫でてくれる。

彼の仕草は何よりも雄弁だった。

蘭花の悲しみをなだめようとしてくれている。

彼の胸に頬を押し当てると、声を押し殺して涙をこぼした。

楚興は鋼《はがね》のような強さで、蘭花をいつまでも抱きしめてくれていたのだった。

「――しっかりしろ、蘭花！」

過去の思い出から蘭花を引きずりあげたのは、楚興の声だった。

（幻聴かしら……）

彼に名を呼ばれたことはない。

天祥が即位する前はお嬢さんと呼ばれていたし、即位してからは公主さまと呼ばれてきた。

そのどの呼び方もあまり好みではなかった。

いつもどんなときも、楚興との間の距離を感じさせられたから。

「蘭花！」

頬を軽くはたかれて、蘭花はぱちりと瞼を開けた。

横たわっている蘭花の目に映るのは、すぐ目の前にある楚興の顔だ。

いつも垂れた眦がつりあがって、まるで怒っているような顔をしている。

「……よかった……！」

一声発すると、蘭花を抱きしめてくる。

胸と胸が密着するほど強い抱擁に、蘭花は面食らい、それから幸福感に酔いしれた。

楚興の背に腕を回して抱きしめ返しながら、蘭花は顔を軽く左右に動かした。

洞窟のようだった。ざあざあと激しい流水音がしているから、河のそばかもしれない。

仰向けの蘭花から一定の距離を置いたところで、たき火がたかれていた。衣服が岩に張りつけるようにして乾かされている。

そこで蘭花は自分が白絹の内衣《したぎ》だけだと気づいた。

豪華な綾絹の上衣も裙もすっかり脱がされてしまっている。

楚興も戦袍《せんぽう》を脱いでいた。内衣だけだから、抱きしめられていると、引き締まった肉体を肌で実感する。

彼の重みときつい拘束、そして恥ずかしさで、息が苦しくなっていた。

背を手で叩くと、楚興が少し離れてくれる。

蘭花は頬が朱に染まっていくのを感じながらたずねた。

「わ、わたし……」

「河に落ちたんですよ。覚えていますか？」

勢いよく問われ、蘭花は記憶を巻き戻す。

馬車を降りたところで土砂に流された。

土に巻かれたところで、意識が途切れてしまったのだ。

「それで……」

「俺たちだけ流されてしまったんです」

楚興が眉を寄せている。

彼の失望したような表情を眺めていると、不穏な風が心の破れ目から吹き寄せてきた。

(ふたりきりなのね)

護衛の兵や小霞は大丈夫か気になるが、今はそれを知る術はない。

それよりも蘭花を強く引き寄せるのは、ふたりだけがここにいるという事実だ。

(楚興と一緒……)

誰にも邪魔されることなく、彼と共にいる。

この時間を止めたかった。止める技が欲しかった。

懸命に思考を巡らせる蘭花の頭に、ふっと種から花が咲くように案が生まれる。

(あの劇と同じだわ)

河に落ちた天女は記憶を失い、男と夫婦になった。

(馬鹿げている)

けれど、試さずにはいられない。

もしも、記憶を失ったフリをしたら、どう対応するだろう。

もしも、自分の正体すらわからないと告げたら、楚興はどうするだろう。

「わたし……誰?」

口にしたとたん、頭蓋の内側を鈍い痛みが打ちつける。流されたときに頭を打ってしまったのかもしれない。

手で頭を押さえると、かすれた声でたずねた。

「わたし……どうしてここにいるのかわからないの」

その仕草と声が、図らずも記憶の混乱に陥っているように見えるとは、気づけなかった。

「何を言って……」

楚興がきつく眉を寄せている。

嘘をついていると怒っているのだろうか。

彼がまとっている剣呑《けんのん》な空気に、皮膚がひりひりと痛くなる。

何度も息を呑み、おびえる心を奮い起こしてそろりと問うた。

「あ、あなたはいったい誰なの?」

とたん、楚興が眉を跳ね上げた。

探るように顔を見つめられて、喉を絞められたように苦しくなる。

(どうしよう、やっぱり嘘だと見破られたかしら)

もしも、怒られたなら、平謝りするしかない。

こんなときにからかうなんてひどい悪趣味だと叱られても仕方ないだろう。

「あ、あの……」

このまま演技を続けるべきか悩み、視線をさまよわせてしまうと、視界の端で楚興が身じろぎするのが映った。

楚興は静かに微笑んでいる。

「……安心しろ。俺はおまえの夫だ」

蘭花の瞳をしっかり見据えて自信満々に言う。

驚いたのは蘭花のほうだった。心臓を直接殴られたような衝撃を受けて、急にめまいがしてくる。

楚興は何を考えているのだろう。

自分をからかっているのだろうか。

「わたし、あなたの……」

「ああ、妻だ。覚えてないのか？」

本当に不思議そうに首を傾げられて、蘭花の頭の中がぐるぐると渦巻く。

混乱の中、楚興が髪を撫でてきた。

水を含んで重い髪を愛おしげに撫でられて、背にぞくりと危うい感覚が走っていく。

「無事でよかった。水に落ちたときは、おまえを失ってしまうかと怖くてたまらなかった」

「……怖かった……の？」

「ああ、おまえは俺の大切な女なんだから」

大切な女、という言葉は甘美な響きとなって胸に染み渡る。

（本当にそうなの……？）

真実なのだろうか。

胸がいっぱいになって、たずねたくても言葉が出てこない。

大きく目を見張って楚興を見つめると、頬から顎の線を指でなぞられた。やさしい感触に、身体の芯がじわりと熱くなる。

もっとさわってほしいような、もう触れてほしくないような、初めて味わう不可思議な感覚だ。

思わず身をよじると、逃げると危惧したのか、楚興が肩を掴んでくる。地面に押しつけられると、それだけで動けなくなってしまった。

じっと見つめてくる視線の鋭さに、蘭花は唾《つば》を何度も飲んだ。

楚興の目が恐ろしい。黙っていられなくなるほどに。

「あ、あなたの名――」

記憶を失っていることを強調するため、彼の名を訊こうとしたが果たせない。

楚興がくちづけをしてきたからだ。

彼の薄い唇が息を奪う。

蘭花は呼吸を止めて、くちづけを受け止めた。

（な、なに……）

まさかこんなことをされるなんて思わなかった。

闇雲に彼の胸を押し返して、なんとか逃れようとする。

息ができないから苦しくてたまらない。

初めてのくちづけに、蘭花は混乱の極地《きょくち》にいた。

唇をふさがれて、このまま息を止められるのではないかと危ぶむ。

身をよじっていると、楚興がさらに凶暴になった。

蘭花の全身にのしかかり、押さえつけてからくちづけを深める。

うっすらと開いてしまった唇の隙間から舌を差し入れられて、蘭花は驚きに目を見張った。

厚みのある彼の舌が蘭花の小さな舌を舐《な》めてくる。舌を何度も舐められてしまい、気絶したくなるような羞恥《しゅうち》を味わった。

（嫌、何これ……！）

くちづけとは唇を重ねるだけの行為だと思っていた。こんなふうに舌を入れてくるなんて、信じがたい。しかも、舌を舐めるだなんて。

蘭花は必死に彼の胸を押した。

息ができなくて苦しくなると、混乱がさらに強まる。大げさだが、このままでは死んでしまうという恐怖で頭の中がいっぱいになった。

胸を押すどころか、もはや叩いていると、楚興がようやく肩を掴んでいた手を緩めた。

唇を解放されて、蘭花はぜいぜいと息をつく。

「も、もうやめて……」

「まさか、息を止めていたのか？」

楚興に問われて涙目でうなずいていると、彼が一瞬目を見開き、それから笑いだした。

眦を下げたいつもの笑顔に、蘭花はつい見とれてしまう。

「鼻で息をすればいいんだ」

「そうなの？」

「ああ。……そうだ、前も言っただろう。覚えてないのか？」

不思議そうに問われて、蘭花は絶句してしまう。

楚興とくちづけなどしたことがない。

そもそも、くちづけ自体が初めてなのだから、楚興に注意などされたはずがなかった。

「覚えて……ないわ……」

蘭花が答えると、楚興がまじまじと見てくる。まるで隠した秘密を暴こうとするように。

頬が熱くなり、心がぐらぐらと傾いだ。

（や、やっぱり謝るべきかしら……）

記憶がないのは嘘で、本当は何ひとつ失っていないのだと告げるなら今だろう。

（今なら冗談で済むわ……）

そう思うのに、いざ口を開きかけると、かえって何も言えなくなってしまう。

彼が一心に見つめてくるからかもしれない。そして、名を呼んでくれるからかもしれない。

(……名前を呼んで欲しかった)

彼の心に近づきたかった。

楚興はいつもへりくだった態度をとる。彼の立場は常に蘭花の下だから、当然なのかもしれないけれど、一抹の寂しさはあったのだ。

だけど今、距離を置かれているような寂しさはない。

楚興は砕けた言葉で話しかけてくれる。

蘭花を無遠慮に見つめて、馴れ馴れしい笑みを浮かべる。

そのどれもが蘭花の身体の芯をあぶったように熱くする。

もしも、記憶を失っていないと告げたら、彼はすぐに元に戻ってしまうだろう。

そして、熱くたぎった蘭花の身の内は、氷水を浴びたように冷えてしまうのだ。

(もう少しだけ……)

楚興とふたりだけの時間を味わいたいと思うのは、身勝手だろうか。

悩んでいると、彼が人差し指を蘭花の頬から首筋に這《は》わせる。くすぐったくてたまらず、全身を震わせて笑いをこらえた。

「や、やめて……」

「もう一度教えてやるから、よく聞いておくんだ。くちづけのときは鼻で息をする。落ち着いてゆっくり呼吸すれば、苦しくない」

丁寧に教えてくれるから、きまじめにうなずく。

一瞬視線の糸がからんだあと、楚興がまたもやくちづけをしてきた。

小鳥が餌《えさ》をついばむように、唇と唇が触れるだけのくちづけが繰り返される。

夢心地に導く戯《たわむ》れのあとに、楚興はまたもや深いくちづけを仕かけてきた。

唇を重ねたあと、彼の舌が当然のように蘭花の口腔に侵入してくる。

楚興は蘭花の口内を探索するように舌を動かした。

頬の裏の粘膜を舐め、歯列をなぞっていく。

誘うように舌をつつかれたあと、大胆にからめられた。

「んん……ん……んん……」

舌と舌をからめていると、身体の深いところがじわじわと熱くなり、背におかしな感覚がひた走っていく。

(どうしよう、変になっていく)

もうやめてほしいと懇願したくなるが、同時にもっと続けてほしいとも思う。

舌と舌が触れあっていると、溶けてひとつになるような錯覚に襲われる。

楚興の背にしがみついて、くちづけを受け止めていると、肩を摑んでいた右手がするりと動いた。

布越しに胸を包まれて、夢のようなひと時が破れる。

「ん……ん……んん……！」

かろうじて首を左右に振った。

本能的な恐怖を感じたし、さらには理性が制止しろと訴えてくる。

(先に進んではいけない)

危機感が明滅《めいめつ》する。

これ以上、身体に触れられてはいけない。

楚興の手から逃げようとするが、両腿を膝で押さえつけられて体重をかけられると、逃げようもない。

おそらく計算した上での行動なのだろう。蘭花の抵抗を封じてしまうと、胸を掴んだまま押し回す。

布越しでも、彼の大きな手がすっぽりと乳房をくるみ、揉みしだいているのを感じ取れる。背にびくびくと甘美な痺れが走って、蘭花は半泣きで胸を上下させた。

「んあ……あ……んん……」

やめてほしくても、舌をからめられているから、ろくに声が出せない。なんとか首を左右に動かそうとするが、そうすると楚興の舌がすかさず蘭花の舌を捕らえて揺さぶってくる。

「ん……うう……んん……」

小刻みに首を振っていると、楚興がようやくくちづけをやめてくれる。じんじんと痺れた舌を動かして、蘭花は懇願する。

「お願い、もうやめて」

涙がにじんできた。

楚興は蘭花の身体を好きにもてあそんでいる。

くちづけも胸を揉まれるのも初めてなのに、手加減してくれないのだ。

しかし、彼は右頬を不敵に持ち上げて、ぬけぬけと言い放つ。

「俺は心配してるんだよ。河に落ちたときにどこか痛めたかもしれないだろう。だから、調べておかないと」

「だからって、胸をさわらなくても……」

強い非難を込めてにらむと、楚興は手を止めるどころか、内衣の合わせを強引にくつろげた。

「な、何を……！」

白い乳房がこぼれでる。熟しきらない桃のような乙女の胸をまじまじと見つめられた。

蘭花は狼狽しきり、楚興の下から逃れようとした。

素肌を男に見られたのは初めてだ。

しかも、夫になる男しか見てはならない部分をさらしてしまうなんて。

しまう。

「夫は、妻の胸をいくら見てもかまわないんだぞ」

楚興は言いながら蘭花の両乳房を直《じか》に摑んだ。大きい掌は蘭花の胸をすっぽりと覆って
「み、見ないで……！」

かさついた上にところどころ硬くなった掌が、乳房をぐにぐにと揉みしだく。

指が埋まるほどしっかりと摑まれ、根元から先端まで絞るように揉まれて、悲鳴をあげた。

「あ、ああ、いや……や……！」

乳房の奥の心臓の鼓動は、駆け足どころか疾走《しっそう》したあとのように乱れている。

背に走る甘美なうずきが快感というものだと、ようやくわかりだした。

楚興の手は傍若無人に動いていた。

乳房を左右に揺すっていた手が頂《いただき》をつまむ。

ぷくりと尖った乳首は真っ赤に染まり、ころころと丸くなっている。

楚興は両の乳首を指でつまむと、きゅっきゅっと引っぱった。

「ああー……だめ……だめ……！」

彼が素肌に触れるたび、腹の奥底がじんじんと熱くなる。

つきたての糕《もち》をこねるように揺り動かされると、快楽の波が確かに生まれていた。

「気持ちいいだろう？　おまえはこうされるのが好きだからな」

「あ……や……す、好きなんかじゃない……」

こんなふうに触れられるのは、初めてだ。

玉の素肌は誰にもさわられることはなかった。

本来、蘭花の乳房をこんなふうにもてあそんでいいのは、宋王・劉元芳だけなのだ。

それなのに、今、蘭花の肌を楚興は舐め尽くすように見るばかりか、好き放題に触れている。

「胸は大丈夫みたいだな。それじゃあ、ここはどうだ」

胸から動いた手は、わき腹や腹を撫で回している。

時折、骨のあるあたりを強く押しているのは、骨折していないか確かめているようにも思われるが、手の動きは悩ましげで、蘭花はひっきりなしに腰を跳ねさせる。

「だめ……も、もう、さわらないで……！」

楚興に触れられると、どんどんおかしくなってしまう。

腹の底に怪しげな熱がたまり、触れられるたびにびくびくと身体が跳ねる。

(こんなのは嫌なのに……)

快感など覚えたくない。こんな感覚を与えられていたら、自分が変わってしまうような気がする。

しかし、身体は心を裏切っているとしか思えなかった。しっとりとうるみを帯びた肌は、楚興の手が滑るたびに快楽のさざなみを生みだす。

「俺はおまえがけがをしていないか調べているだけだ」

楚興は悪気のかけらもなく言って、裾のあわせを広げた。

抜けるほど白い腿があらわになって、恥ずかしさに気を失いそうになる。

楚興は膝から腿に手を這わせる。

ただそれだけで、蘭花の背に心地よい波が打ち寄せる。

「や、さわらないで……！」

「蘭花、俺たちは夫婦なんだ。なぜ恥ずかしがる？」

「あ、だって……」

本当は夫婦ではないからだ。蘭花は夫になる男が他にいる。

それなのに、楚興に好きにさせている。誰か他の人間に知られたら、大問題になってしまうだろう。

（今だったら、まだ間に合う）

本当は記憶など失っていないのだ。

ほんの少しでも長く楚興と一緒にいたいから、ついた嘘だった。

（まさか、こんなことになるなんて）

ためらっていると、内股《うちまた》を撫でていた楚興の手が下穿《したば》きを引きずりおろし、脚のつけねにもぐる。

無骨な手が恥丘を何度も撫でて、大切なところを守るには頼りない叢《くさむら》を指ですく。

それだけで身震いするほど恥ずかしいのに、楚興の手はさらに進軍した。

「ひ……ひあ……！」

信じがたいことに、彼の指は蘭花のもっとも秘すべき部分に触れていた。

洗うときだけ触れる谷間を指が滑っていく。

「は……はぁ……あああ……」

衝撃だったのは、他人が見たりさわったりすることのないところに触れられたからだけではなかった。

指が往復するたびに、快感が生まれるからだ。やわらかな肉の花びらをくすぐられると、背をそらすほどの快美な波に襲われた。

「あ……ああ……だめ……やめて……」

もはや否定しようもなかった。楚興に触れられて、気持ちよくなっている。

これ以上、愛撫が深まることに恐怖を覚えはじめていた。

（どうしよう、こんなはずじゃなかったのに……）

楚興と共に過ごす時間を稼ぐために記憶喪失を装ったけれど、こんなふうに淫らに触れられることなど、望んではいなかった。

理性ではそう考えているのに、身体は勝手に快感を覚えはじめている。

現に脚のつけねをこすりたてられて、淫らな悦びに溺れつつある。

「やぁ、いや……や、やめ……」

下肢の谷間を無遠慮に指が這う。

蜘蛛《くも》が脚を動かすように、楚興の指は蘭花の秘処に絶え間なく触れ、そのたびに知らず腰を揺らしてしまうような快感が生まれていた。

「……おまえは俺にさわられるのが本当に好きだな。ここから蜜がこぼれてる」

下肢の中心に指先が押し当てられる。

月に一度、血を滴らせるところだと直感した。

指先を押しつけられると、平衡《へいこう》を崩しそうな危うさを感じる。

そこを集中的にこすられると、確かに指が吸いついているような音がした。

ちゅくちゅくと秘めやかに淫らな水音がする。

「あ……ああ……や……」

触れられていると、不安と愉悦《ゆえつ》が交互に襲ってきた。

自分でさえろくに見たことのない部分だ。

そこに彼の指が走る。我がもののように愛撫している。

「あ……ああん……ああ……」

楚興は右指を秘処の間に滑らせながら、左手で剝きだしにされたままの乳房を摑んだ。

やんわりと性感を高めるように揉まれて、蘭花は重い髪を振り乱した。

「あ……あん……だめ……だめ……！」

ふっくらとやわらかい胸をやわやわと揉まれながら秘処をくすぐられるのは、たまらなく気持ちがよかった。

次第に脚のつけねがゆるみ、全身が虚脱《きょだつ》する。

「あ……ああ……あ……はぁ……」

喉の奥からもれる声が甘えるような響きを伴っていた。

楚興が乳頭を軽くねじりながら、耳に低い声を吹き込む。

「どうやらどこも痛めていなかったみたいだぞ。本当によかった」

「あ、ああ……や、やめて、そ——」

名を呼びかけて懸命に呑み込んだ。蘭花は記憶を失っているのだ。知らないはずの名を口にはできない。

そのことに気づくと、背にひやりと冷たい汗が伝う。

（……わたしの記憶が戻ったと告げたら、楚興はどうするのだろう）

淫らな戯れを仕かけているのは、無事を確認するためだったと言い張るのだろうか。

なぜ自分を夫だと言ったのか、性感を高めるように身体に触れてくるのか、わからない。

(楚興はわたしをどう思っているの？)

たずねなければいけない。まさか、記憶を失ったから、好きに身体をもてあそんでいるのではないはずだ。

(楚興はそんなひどい人じゃない)

いつも蘭花を守ってくれるのに、河から救ってさえくれたのに、おもちゃにするはずがない。

愛撫を続ける彼を霞んだ目で見上げて、震える唇を開いた。

「あ、あの——」

口にしかけた問いが喉の奥に溶けていく。

秘処を一定の律動で愛撫していた指が、だしぬけに動きを変えたのだ。

するすると滑った指が肉の花びらのつけねに触れる。

そこに指先がきゅっきゅっと押しつけられると、目のくらむような快感が生まれた。

「ああ……な、なに……そ、そこは……あっ……！」

「ここはさわられると一番気持ちよくなるところだろう？　もっと大きく脚を開いて、このいやらしい宝石を見せるんだ」

楚興は胸への愛撫をやめると、左手で右腿をぐいっと押して、股を広げてくる。

「ひぁっ……や、やめて……！」

図らずも秘処を丸だしにする姿になった。

ふだんは慎ましく寄り添っている肉の花びらがぱっくりと開いて、楚興の眼前にさらされる。

先ほど彼が触れていた小さな孔《あな》もすっかりあらわになっているだろう。

「だ、だめ……やぁ……！」

羞恥にかられて手を振り回すが、楚興は左手だけで蘭花の両手首をまとめ、頭の上の地面に押しつける。

体重をかけられてしまえば身動きがとれず、蘭花の秘部は無防備にされてしまった。

楚興は先ほど強い快感を覚えていた部分を集中的にこすりだす。

「こんなに可愛い珊瑚《さんご》を隠して……。俺がちゃんと愉《たの》しませてやるから」

陰唇のあわせめをじっくりと揺すられる。

隠れていた陰核を剝きだしにすると、楚興はじっくりと円を描きだした。

「は、はうぅ……あ……ふ……ふぅ……ふぁ……」

痛覚にも似た快楽の波濤《はとう》が休む間もなく押し寄せて、蘭花の腰が頻繁に跳ね上がる。

みっともないほど淫らな乱舞を披露しながら、霞みきった瞳で楚興を見つめた。

彼は右頰を持ち上げて、人の悪すぎる笑みを浮かべながら、ぷっくりと膨れた陰核をこすっている。

最初は性感に慣らすようにゆっくりと触れていたが、次第に指のいたずらが激しくなる。陰核に吸いついた指にこすりたてられ、下肢からうなじにまで淫らな刺激がぞくぞくと走った。

「ひ……ひあぁ……だめ……だめぇ……」

血を流す孔がとろりとした液体をこぼしている。それは胎《はら》の奥からとろとろと止めようもなくあふれていた。

(な、なに……なんなの、これ……)

胎の奥に危ういほどの快感がたまっていく。

「へ、変、なんだか、変なの……変になるから、やめて……」

このまま触られていたら、おかしくなってしまう。

淫らに接触されるのは初めてだけれど、そんな予感が生まれていた。

血を流すときに存在を意識する器官が輪郭を取り戻し、恐れと期待にびくついている。

「あ……あぁん……やめて……お願い、やめてぇ……」

必死に首を左右に振るが、彼はやめてくれない。

ぬるぬるとあふれた蜜を陰核になすりつけて滑りをよくすると、尖りきったそこをさらに激しくこすりたてる。

蘭花は唇の端からだらしなく唾液をこぼすと、秘処を突き上げるようにして感じきっていた。
(気持ちいい……たまらない……)
楚興が硬い爪をつんと立てて、輪郭をなぞる。
それが最後のひと押しだった。
胎の奥にたまっていた快感の塊がはじける。
「はぁ……あああぁー……!」
はばかりなく嬌声《きょうせい》をあげ、腰をがくがくと揺らして快楽の極みを味わう。
恥骨から背を伝った白い焔《ほのお》が脳内を焼き、蜜がこぽりとあふれでた。
「ああ……ああ……あ……」
あまりに強い衝撃に打ちひしがれて、蘭花は涙をひとしずくこぼした。
楚興が頬を分厚い舌で舐めてきて、涙をすくう。
「本当に素直に答えてくれるんだな……蘭花、愛してるよ」
耳に吹き込まれた声はしっとりと湿り気を帯び、身体の芯を甘く溶かしていく。
唇をふさがれて、舌をからめあっていると、どっと疲労が押し寄せてきた。
(もう……もう……)
精神の限界だった。
楚興の舌に応える気力を失い、蘭花の意識は闇に落ちた。

河に落ちた数日後。

蘭花は楚興と共に、浪青にいた。浪青は大河のほとりに広がっている中規模の城市だ。

夕暮れどきは河が橙色に染まり、河を下る舟も舟に乗る人も同じ色に濡れている。

蘭花は河辺の道で流れを見ていた。

老爺が乗った竹筏《たけいかだ》があめんぼうのように河面を滑る。対岸では、小さく見える女たちが何か洗い物をしているようだ。

のんびりとした生活の一幕を眺めていた蘭花だが、少しも落ち着かなかった。つい斜め後ろを振り返ってしまう。

声が聞こえない程度の距離を置いて、楚興が立ち話をしている。

相手は蘭花の護衛兵のひとりだ。

(何を話しているのかしら……)

崖崩れの日に別れた男だった。

彼はどうやら無事だったらしいが、他の人員についての報告でもしているのだろうか。

(楚興はわたしのことをなんと告げているのだろう)

記憶喪失を装っている蘭花に、楚興はしばらく浪青で休もうと告げ、ふたりはここまで移動した。

『一時的なものかもしれない。記憶が戻るかどうか、様子を見よう』

そう言ってくれる彼のやさしさに感謝し、同時に罪悪感に苛まれている。

楚興は知らないはずだ。

蘭花の記憶喪失が嘘で、演技だということを。

彼と少しでも長く一緒にいたいがために、記憶が失われたフリをしているのだ。

(わたしのことを都に報告するよう依頼しているのかもしれない……)

一番の理想は、報告を聞いた天祥が宋王との結婚を破談にしてくれることだ。

とはいっても、都に帰還することはためらわれた。

本当に記憶を喪失しているわけではないからだ。

都で典医にでも診察されたら、あっという間に演技を暴かれてしまいそうで、怖くてたまらない。

見ないようにと思いながらも楚興から目を離せずにいると、話が終わったのか、楚興が兵と別れてこちらに歩いて来る。

内心で大いにあわてて、蘭花はまた河に視線を移した。

「待たせたな」

「い、いいえ」

肩を叩かれて、蘭花は勢いよく首を左右に振った。

「……お知り合い？」

わざと見覚えがないフリをすると、楚興はうなずいた。

「旅の同行者だったんだ。崖崩れで図らずも俺たちとは別れてしまったが」

「そうなのね」

「みんな命に別状はないそうだ。ただ、けがをしている者がいるから、近くの城市にいるらしい」

「そ、そう……」

蘭花は密かに胸をなでおろした。

記憶喪失なのだから、隊列の者たちがどうなったのか質問するわけにはいかない。かといって、彼らがどうしているのか気にならないわけではなかった。

「けがをしている者って誰なの？」

「若い娘だよ。その他にも男が数人——」

「娘!?　ひどいけがなの!?」

蘭花は勢い込んでたずねた。

若い娘とはきっと小霞のことだ。

(小霞がけがをしているなんて)

いつも元気いっぱいの娘が、今は痛みで苦悶《くもん》の声をあげているのかと思うと、血の気が引いていく。

「さっきも言ったが、命に別状はない。しばらく休息の時間が必要だそうだが」

「そう……」

「俺はおまえの方が心配だ。記憶を失ってしまったんだから。医生《いしゃ》も原因がわからないと言うし……もしかしたら、水の中で頭を打ったのかもしれないな」

楚興が肩を落とした。

彼の片手には薬の入った紙包みが握られている。

むろん記憶を取り戻す薬ではない。ただの体調を整える薬だ。

「ご、ごめんなさい」

蘭花は頭を下げた。謝るというよりも彼の顔を見たくないがための行為だ。

（本当は記憶なんか失っていない……）

時間稼ぎの言い訳だ。けれど、ここまでくると、嘘だと打ち明けられない。

あの洞窟でのできごとが大きかった。

男を知らない蘭花でも、あれが閨事《ねやごと》なのだと知っている。

（どうしてあんなことをしたの？　わたしの身体に触れるなんて――）

思いだすと、心臓が破裂しそうなほど恥ずかしい。

あの淫らな振る舞いには、どんな意味があるのだろう。

（愛していると言ってくれたけれど……）

それが本心なのかどうか、蘭花にはわからない。

わからないならば、信じるしかない。

しかし、楚興は蘭花と夫婦だと嘘をついた。

その上で、蘭花に愛していると言った。

だったら、あの愛しているという言葉も嘘かもしれない。欲望を満たした言い訳に、愛という言葉を使ったのかもしれない。

しかし、それを問うことはできなかった。蘭花は記憶がないのだから、楚興が嘘をついていると指摘することができない。

（夫婦ならば抱きあったとしても、おかしくはない……どころか、当然だわ）

だとしたら、疑問を抱くこと自体が妙だということになる。

楚興の愛の真贋《しんがん》を問うことなどできない。

「謝る必要はない。もしかしたら、明日にでも記憶が戻るかもしれないしな」

どきんとして頭をあげた。やはり記憶喪失は嘘だと勘づいているのではないだろうか。

「あ、明日にでも戻るかしら……」

「医生も言っていただろう。明日戻るかもしれないし、永遠に戻らないかもしれない。気に病みすぎていると、身体を壊すぞ」

楚興が伸ばした手で蘭花の頬を覆う。

大きな手は武人らしくところどころに肉刺《まめ》ができている。

硬い部分がやわらかい頬に触れても、不快どころかうれしくてたまらなくなってしまう。

(記憶が永遠に戻らなければ、ずっと楚興といられるかしら……)

だったら、そうしたい。

彼が言ってくれるとおり、夫婦でいたい。身勝手だとわかっていても、願いを抱いてしまう。

「とにかく帰ろう。休んで薬を飲まないと」

「薬は嫌いだわ……」

「嫌いでも飲ませるぞ。全部飲まないと、眠らせないからな」

楚興が笑って、蘭花を促す。

ふたりで並んで歩き、通りの店を眺める。

桶《おけ》に魚を入れた行商人が、最後の一匹を売り尽くそうとしてか、盛んに呼び込みをしている。

茶水を売る女は店じまいの支度《したく》をし、飴売りの青年は最後の棒つき飴を満面の笑みで客に手渡していた。

酒楼は明かりを灯し始め、気の早い客が軒をくぐる。

浪青は交通の要所だけあって、なかなかの賑わいだ。城市の中を歩くのは、昔から蘭花の楽しみだった。

今は隣に楚興がいるから、ますますうれしい。

「……釵《かんざし》がなくなってしまったから、また買ってやらないといけないな」

結わずに流している髪に楚興が指をからませた。

彼からもらった大切な銀釵《かんざし》は河に落ちたときに失ってしまったのだ。

「いいわ、そんな……高価なもの」

「俺があげたいんだよ。蘭花の髪はとてもきれいだから飾るものをあげたい」

愛情あふれる一言に胸が弾むばかりだ。

しかし、蘭花は浮かれそうな心をあえて抑えつけた。

今は記憶喪失なのだ。うっかりよけいなことをしゃべって、記憶が損なわれていないとバレてしまっては困る。

しばし黙ると、楚興が思いもよらぬ誘いをしてきた。

「炸糕《あげもち》屋だ。食べるか？」

「え？」

「あそこに売ってある。行列もできているし、たぶんうまいんだろう」

楚興が指さす先には、炸糕屋があった。彼の言うとおり行列ができていて、揚げたての炸糕を売っている。

「……おいしそうね」

炸糕は南方では一般に食べられている点心だ。餡を包んだ糕を丸めて揚げた点心で、外は香ばしいのに中はもちもちとしており、とてもおいしい。

「うまいものを食べると、元気がでるぞ」

思いやりに満ちた楚興の言葉に、蘭花は頬をほころばせた。

並ぶとほどなく自分の番になった。主人が揚げたてを紙にくるんで渡してくれる。

「ありがとう」

楚興が支払いを済ませてから行列を離れた。

紙の包みをほどいてから一口かじる。さくっとした歯触りの炸糕の中は熱々だった。

「熱い！　でも、おいしい！」

宮中で出される手の込んだ点心とは異なるが、素朴な味わいがたまらなかった。

かぶりついていると、楚興が笑っている。

「な、何？」

「うまそうに食べるなと思って」

「お、おいしいんだもの」

楚興に見つめられていると恥ずかしい。けれど、それを上回るくらい幸せだった。

（きっとふつうの夫婦だったら、こんなふうに一緒に歩いて、評判の店を見て回って、炸糕を買うなんてことは、当たり前にするんだわ……）

それなのに、今の蘭花にとっては、こんなささやかなひと時が、かけがえのない時間なのだ。

（わたしが公主にならなかったら、よかったのに）

父が皇帝にさえならなかったら、この幸せを奪われずに済んだのかもしれない。

そう思うと、開き直りさえ生まれる。

（少しの間だけよ……）

記憶を失ったフリをして、本来ならば手に入れられたはずの時間を楽しむだけだ。

何も悪いことをしているわけではない。

そう考えていたら、ついむきになって炸糕をほおばってしまった。

夢中で糕を噛んでいると、楚興がだしぬけに指を伸ばして頬に触れた。

「餡《あん》がついているぞ」

指にくっついた餡をぺろりと舐める。

肉厚の舌を見ただけで、身体にあの日の閨事の感覚が甦《よみがえ》りそうになった。

「や、やめて、楚興……」

名を教えてもらったから、今なら素直に呼べる。

控えめな制止を聞き、楚興が頭を掻いた。

「すまない。頬についていたものだから、つい……嫌だったか？」

「ううん、いいの」

深い意味はないと言いたげな表情に、蘭花もうなずく。

「嫌じゃないのだけれど、照れくさくて……」

頬が熱くなっていくのを感じ、蘭花は軽くうつむいた。

楚興に触れられるのは嫌いではない。それどころか、むしろ好きだという気持ちをかきたてられるほどうれしい。

「……夫婦なのに恥ずかしいのか？」

彼が低く訊いてくる。

頬を寄せられて、先ほど餡がついていたところを舌で舐められた。

身の内に甘美なうずきがほとばしる。膝から力が抜けかけて、蘭花は自分で自分を叱咤した。

（しっかりしなきゃ）

蘭花は裙の下の足に力を入れると、楚興をにらんだ。

「人前でしないで」

「わかった。じゃあこれからは陰《かげ》でやる」

「そ、そういう意味じゃないわ」

ふざけきった言葉に真っ赤にならざるを得ない。

蘭花は赤面の理由を問われないように、糕の最後のひとかけらを口に放り込んだ。


その夜、蘭花は楚興と泊まった宿屋の一室で天蓋のついた寝台に座り、髪を丁寧にくしけずっていた。

寝衣を着て、湯を使ったあとの生乾きの髪に櫛を通していると、宮中での日々が思いだされる。

いつもだったら、小霞がやってくれることだった。今は彼女がいないのだから、自分でやるしかない。

『お嬢さまは御髪《おぐし》を大切にしなければダメですよ。これしか自慢がないんですから』

これしか自慢がないとはひどい言いようだが、蘭花の特徴をよくあらわしていた。

(小霞は大丈夫かしら)

けがをしているが命に別状はないというなら、それほど案じる必要もないのだろうか。

そうはいっても、ずっと一緒にいただけあって、やはり心配は募る。

記憶喪失の蘭花に現状を説明した楚興は、小霞のことを言わなかったのだ。

それどころか、隊列の者については一切語らなかった。

（こっちには商売に来たんだと言っていたわ。けれど、わたしが河に落ちてしまったから、中止にしなくてはいけなくなったのだとか……）

しばらく浪青で様子を見て、記憶が回復しないようであれば、移動しようと言っていた。

（そうなったら、どこに行くのかしら）

蘭花は記憶を失ったフリをしているだけだから、明日にでも記憶が戻ったと言えば、状況は変わる。

しかし、回復があまりに早すぎると、嘘をついていたと見破られる恐れがあった。

（それを避けるためには、もうしばらく記憶を失ったフリをしているしかない）

宋王のもとには、連絡が行っているはずだ。

おそらく結婚の準備をしつつ蘭花を待っているはずだろうが、予定より遅れることをどう考えるだろう。

（宋王は代わりを寄こせと言いだすかしら……）

代役になれそうな年ごろの公主はいない。となれば、あきらめてくれるだろうか。

（あきらめてくれたらいいのに……）

だいたい、出会いのときだって、蘭花に対して友好的ではなかった。むしろ、恨みさえ抱いているような態度だった。

それなのに、妻にしたいだなんて何を考えているのかと思う。

（……妻とは名ばかりの人質でしょうね）

天祥だって、むろんそれをわかって蘭花を嫁がせることに決めたのだ。

（結婚は義務……）

蘭花だって理解している。

（宋王との結婚話が持ちあがらなかったら、楚興が花嫁にしてくれたかしら）

だからこそ、蘭花が記憶を失ったとわかったら、自分の妻だと告げたのだろうか。

（本心を訊きたい）

しかし、蘭花は記憶がないのだ。

自分を公主だとわかっているような、うかつなことを言えない。

何より、本当の記憶喪失者がどう振る舞うのかを知らなかった。

この間の舞台で観たお芝居を参考にしているのだ。

（記憶を失った天女は、天女であることは忘れていたけれど、ごはんを食べるとか服を着替えるとか日常のことはできたのよね）

となれば、蘭花の演技も自然とそれに沿うことになった。

素性に関する一切を忘れているが、日常生活はこなせるというふうに決めて行動している。けれど、楚興の目から不自然に見えてはいないか、いつも不安だった。

髪をくしけずりながら、蘭花は心の中にあるよどんだ闇を感じていた。

その闇から吹く風に声が乗っている。
風に混じる声は、このままでいいじゃないかとささやくのだ。
手に入れるはずだった未来を取り戻しているだけなのだと。
もしかしたら、今のように楚興と結ばれるかもしれなかったのだ。
宋王との結婚話は突如として落ちてきた雷のように、蘭花の未来を粉々にした。
(そうよ、宋王の話がなければ……)
蘭花は幸せを手に入れられたかもしれない。
その可能性が壊されてしまった。
(束の間、取り返したところで何が悪いというの?)
蘭花は悪くない。悪いとしたら、自分の意思を無視して結婚を決めた天祥や宋王だ。
髪をすく手に自然と力が入る。
頭皮に櫛の先端が強く当たって、痛みを覚えたときだった。
部屋の扉が開く音がした。蘭花がいる寝室に繋がる応接室に足音が入る。
どきりとしたところで、寝室と応接室の間の珠簾《しゅれん》をかきわけて、楚興が入室してきた。
「びっくりしたわ」
「声をかければよかったな。悪い」
楚興は手にさじを入れた碗を持っている。

「薬を煮てきた。飲めば元気になる」

「……薬は嫌いだわ」

「子どもみたいなことを言うな」

楚興が声を殺して笑うと、蘭花の隣に腰かけた。

腕が触れあうほど近い。体温すら感じられるほどすぐそばにいると意識すると、喉がひりつくような緊張を覚えた。

「ほら、口を開けて」

楚興がさじを目の前に差し出す。

面食らい、彼の琥珀の瞳を見つめた。本物の夫のようにやさしく見守っている目だ。

「じ、自分で飲めるわ」

「妻の看病は夫の仕事だろう。俺はおまえに薬を飲ませてやりたい。さ、口を開けて」

彼の目が笑っている。

人の好い笑みに、胸が否応なくときめいた。

それでもたゆたっている香りの苦さには、つい鼻の頭に皺が寄る。

「苦そうだわ」

楚興がさらにさじを突きだすから、仕方なしに口を開けた。

流し込まれた薬は、案の定、独特の甘みと強烈な苦みを感じる代物だった。

「やっぱりおいしくないわ」

「良薬口に苦しだよ。さ、全部飲むまで、付き合おう」

楚興は笑いながら脅してくる。蘭花は彼を見上げて眉尻を下げた。

「わかったわ」

観念して薬を飲む。苦くてどうしようもなくまずいのだが、彼の差し出すさじを何度も口にくわえていると、薬がようやくなくなってくれた。

「よくがんばった」

彼が冗談っぽく笑いながら頭を撫でてくれる。まるで子どもにするような手つきは、甘えろと言っているようだ。

「よほどまずかったみたいだな」

蘭花は苦い後味に眉を寄せつつうなずいた。

「今も口の中が苦いわ」

蘭花が喉を押さえていると、楚興が足もとに空の碗を置いてから、蘭花の頬に手を添える。

「そ、楚興？」

「……そんなに苦いなら、甘くしてやろう」

「どうやって？」

答えはくちづけで返ってきた。

唇をふさがれて、抵抗する間もなく舌を差し入れられる。舌の表面を舐めとられると、たちまち苦さが消えた。

「ん……んうう……うう……」

口腔を丹念にまさぐられて、蘭花の背に快美な波が走る。

瞼を閉じて彼の服にすがると、蘭花は彼とのくちづけに溺れた。

楚興は蘭花の頬から首筋に手を滑らせながら、舌を追いかけ回してくる。

舌の裏も表も舐め尽くされ、深々と差し入れられると、一方的に攻撃されているのも同様なのに、そのことが快感に思えてしまう。

「ふ……ふぅ……ふぅ……」

くちづけをされていると、黒い影の落ちた現実が遠くなる。

記憶喪失を装っていることも、本来ならば好きでもない男と結婚しなければならないことも、すべてが遠くなっていく。

眼裏《まなうら》が熱くなった。涙がにじみだす。

楚興が舌を追いつめてくるのをやめて、唇を離した。

「蘭花、嫌なのか？」

驚いて瞼を開くと、楚興は膝に置いていた蘭花の手をとる。

一回りは大きいのではと思う手にくるまれて、安心感と不安がまじった奇妙な心地になった。

「嫌ならやめる」

「い、嫌じゃないわ。楚興に触れられるのは嫌じゃないの。ただ、困ってしまって……」

「困る？」

「だ、だって……」

蘭花は視線を泳がせた。

宋王に嫁ぐ身なのに、楚興に触れられるのは道徳に反するだろう。

そう考えて、自分に愕然《がくぜん》とする。

（まだ、わたしは宋王に嫁ごうと考えている……）

宋王との結婚は皇帝が決めたことだ。

父の命令に逆らうことなどできない。

国の安定のためにも、嫁がなければいけないのだ。

だが、今、蘭花はそれに抗うために記憶喪失を装い、結婚に足踏みしている。

（わたしは――）

自分が望んでいるのは、宋王との結婚ではない。けれど、心ではあきらめている。

こうやって記憶を失ったフリをしても、ただの時間稼ぎでしかない。

楚興と結ばれる日など永遠に来ないだろう。

またあふれそうな涙を手の甲でぬぐった。唇を噛んで嗚咽《おえつ》をこらえる。

彼の琥珀の瞳が蘭花をじっと捉えている。

不意に楚興が頬にくちづけをしてきた。唇はつと動いて、首筋に吸いついてくる。

「あっ……だめ……」

音を立てて唇を離されると、身震いするほど強い快感を覚えた。

楚興は耳を覆う髪を払いのけると、低い声を吹き込んでくる。

「……蘭花、俺はおまえが欲しいんだ」

全身の血が逆流するような衝撃だった。

楚興は声だけで、蘭花の性感を高めようとしているのだろうか。

「おまえを愛してる。だから、もっと深く抱きしめさせてくれ」

情欲をにじませるかすれたささやきに、頭の中がくらくらとした。

(だめ……なのに)

けれど、愛されたいという欲望を消してしまうことができない。

心の中の天秤が傾いて、蘭花はもはやためらいを棄《す》てた。

「わ、わたしも――」

思いを言い尽くすことはできなかった。

彼が唐突に唇を奪ってきたからだ。兵を動かすときのように素早く巧みに舌を挿入させてくる。

さらに舌を喉の奥深く差し入れてきた。

鼻で懸命に呼吸をしようとするが、それをも妨げられるほど、きついくちづけだ。

蘭花は彼の胸を必死に叩いたが、意味は伝わらなかったようだ。

楚興は蘭花を寝台に押し倒してきた。肌に当たる敷布がひんやりと冷たい。

楚興はくちづけを続けながら帯を解いてくる。寝衣だから、帯を解いてしまえば素肌があらわれてしまう。

肩から衣を落とされて、蘭花は身震いした。覆いかぶさる楚興の背に強くしがみつく。

蘭花の動揺に気づいたのか、彼がくちづけをやめて少しだけ身を離した。

「どうした？」

「こ、怖くて……」

身震いしたのは、まだ経験が浅いからだ。

房事について、ひととおりの知識は頭に入れているが、するのは前回に続いて二回目に過ぎない。

「怖い？」

「そ、そうなの。怖くて……」

息を切らしながらつぶやくと、楚興が目を細めた。

「俺と何度もしたことなのに？」

一切の迷いなく言い放たれて、蘭花は瞠目《どうもく》した。

(何を言って……わたしは楚興と一度も寝たことなんかない……)

今は彼の妻という名目でそばにいる。

妻ならば、彼とすでに床を共にしていたとしても当たり前だろう。

蘭花にためらいを棄てさせるために、初めてではないと告げたのだろうか。

けれど、胸がひどく痛んだ。

自分だって嘘をついているのに、楚興のつく嘘が悲しみを誘う。

「……どうした？」

探るように問われて、蘭花は小さく首を振った。

「な、なんでもないの。そうよね、夫婦だもの。こんなこと何度も――でも……」

震える唇はそれ以上の言葉を紡げなかった。

楚興が両手で蘭花の両胸を摑んだからだ。

かさついた掌にぐっと根元から押し上げられて、全身に戦慄《せんりつ》が走った。

「あ……あ……ああ……」

「早いぞ、蘭花。もう達《い》きそうな声を出すな」

彼は笑いながら胸を揉みしだく。

つきたての糕《もち》のように弾力のある乳房が手の動きに合わせて形を変える。

白い柔肌は揉みほぐされるたびに朱が散るが、そうすると感度が増していくのか、ほんのわずかに触れあうだけで、おかしな感覚が生まれる。

楚興はまだ外に出てもかまわないような深衣を着ている。

帯の先端が剝きだしにされた腹をくすぐるだけで、背にぞくぞくと愉悦が走る。

(わたし……淫乱なのかしら……)

まだ二回しか触れられていないのに、彼の手が乳房をすくいあげるだけで切なくなる。

肉刺のできた楚興の無骨な手が愛おしくてたまらない。

「はぁ……は……ああ……あ……」

あえいでいると、彼が茱萸《ぐみ》の色に染まった乳首をきゅっとひねった。

親指と人差し指でつままれていじられると、どっと汗が噴き出すような愉悦に襲われた。

「あっ……だめ……」

「こんなに物欲しそうにしているのに？　痛々しいくらい赤くなって……。かわいそうだから、俺が慰めてやるよ」

ぷっくりと膨れた頂を楚興はおもちゃのようにつまみあげている。かと思えば、押しつぶすようにぐにぐにと指の腹で押され、そのたびに強い刺激が胎の奥にまで轟《とどろ》いた。

(どうして……こんな……)

胸をいじられているのに、離れているはずの胎の奥がうずいてしまう。困惑しながらも、腰が自然と揺らめいてしまった。

「あ……も……もう……さわらないで……」

「ここがいやなら、次はどこをさわってほしいんだ？」

笑みをたたえた質問には、当然答えられない。

「ど、どこも嫌……」

「じゃあ、やめようか」

そう言うと、蘭花の乳房から出しぬけに手を離した。

とたん、甘いうずきが消えて、あぶられていた身体が寒々しくなる。

「や……」

涙目で見上げた。

身体の芯には情欲の火が灯り始めていた。それなのに、半端に放りだされてしまい、身の内の火がうずく。

もどかしい——そう思う反面、このままやめさせるべきだと理性が忠告する。

楚興がまたも質問を繰り返した。

「次はどこをさわってほしい？　自分で言うんだ」

ひくっと喉を鳴らした。

そんな恥ずかしいことは口に出せない。それに、本来ならこんなふうに触れあうべきではないのだ。

「蘭花?」

名を呼ぶ声には威圧感があった。

おそるおそる見上げると、彼は思わせぶりに人差し指を肌に這わせる。

「……俺をじらしているのか?」

「ち、違うわ」

ふるりと首を振ると、楚興が両手で乳房の根元を摑んでやんわりと揺する。

「や……いや……」

「答えてくれないなら、俺が好きなところをさわろう」

膨らみをやわやわと揉んでいた手が尖った乳首をつまんでくる。めまいを起こすほどの快楽にみまわれた。

接触はさらに密になってくる。

楚興はつと唇を近づけて、右の乳首をぱくりと口にくわえた。

乳暈《にゅううん》のふちを舌でなぞられて、乳首に吸いつかれる。いっそう強い快感に、蘭花は悲鳴をあげた。

「あ……ああ……ああ……」

乳が出るはずもないのに、餓えた赤ん坊のようにきつく吸ってくる。
唾液をたっぷりからめるから、じゅるじゅるとはしたない音が響いた。
「は……はぁ……はぁ……」
左の乳首はきゅっきゅっとひねられている。
顎をそらして歓喜の声をもらした。
「あ……や……やぁ……」
快感が波紋のように全身に広がって、下肢の奥を刺激する。
甘ったるい感覚に身悶えているのに、楚興は攻撃の手を緩めない。
先端を舌で押したり、口の中で転がしたり、様々なやり方で乳首をもてあそぶ。
「ふ……ふぅ……はぁ……」
しっとりと艶めいた髪を振り乱して呼気を荒くした。
(楚興がわたしに触れている……)
裸をさらす恥ずかしさと同時に、信じがたいほどの幸せを感じている。
記憶を失ったフリをしなければ、手に入れられなかった幸福だ。
(でも、まるで玻璃《はり》のような幸せだわ)
あっという間に割れてしまうほど、はかない幸せだ。
(嘘をついて手にしたからかしら)

蘭花の心の善悪を計る天秤は、ずっと揺れ続けている。

自分がついた嘘がもたらす影響を怖れながら、ひと時の喜びを味わい尽くそうとしている。今もそうだ。

「……蘭花、何を考えてる？」

頂を解放した楚興が、瞳を見つめてきた。

底光りする眼は、蘭花のすべてを見破ってしまいそうだ。

「……何も」

「本当に？」

不意に顎を捉えられて、視線を強引にからめられた。喉の奥に引っかかる息を整えて答える。

「本当よ。楚興は何を考えているの？」

彼は答えない。

代わりに、手をゆるゆると滑らせる。肋骨を覆う皮膚をなぞった掌《てのひら》が腹を撫で、不規則に円を描く。それだけで、蘭花の呼気は乱れた。

「は……はぁ……や……」

「俺はいつだっておまえのことしか考えていない」

鋭く息を呑んで、彼の伏せた目を見る。心臓が絞られるようだった。

（本当なの？）

ぶつけられない問いは、澱《おり》と化して心の底にたまっていく。

うれしいけれど、悲しかった。どこまで真実かわからないからだ。

（楚興もわたしも嘘をついている）

嘘をつきながら抱きしめあうことが正しいとは思えない。

だからといって、彼のぬくもりを手放すのは嫌なのだ。

（どうしよう……どうしたら……）

心臓がわずらわしいほどうるさい。

楚興と一緒にいたいなら、嘘をつきとおすべきだ。けれど、嘘の中にふたりの関係を閉じこめるのは耐えられそうもない。

睫毛を伏せて涙をこらえていると、楚興の手が思いだしたように動きだした。

止める間もなく脚のつけねの花びらを割られて、身体がびくつく。

中心点を守るように寄り添う花びらも、楚興の手にかかっては易々と散らされてしまう。

「ずっとここが欲しかった。俺のモノを挿《い》れてもいいか？」

熱い息を耳の孔に吹き込まれ、同時に、蜜をこぼしていた膣口に指が当てられる。

ほんの少し指の腹をこすりつけられただけで、蘭花の腰が不安定に揺れる。

「そ、それは……」

唇を噛んだ。

そこを犯していいのは、結婚相手となる宋王だけだ。

楚興を受け入れるのは、未来の夫に対する背信になる。

（わたしは宋王を裏切ろうとしている……）

宋王・劉元芳を愛することなどできない。

身体に触れられると想像するだけで、嫌悪感が走る。

しかし、夫となるべき男だという事実は変わらない。どんなに正当化しようとも、蘭花のほうが道徳に反する行いをしようとしているのだ。

「だ、だめ……やっぱり……」

「俺をじらしてるのか？　いつの間にそんな手管を覚えたんだ？」

「じらしてなんかない……！」

首を振りかけたが、すぐに赤面して寝台で身悶えた。

楚興が無防備な谷間に指を滑らせたからだ。

複数の指が這いまわると、下腹に心地よさが広がり、脚のつけねの力は緩んでしまう。

「ここは俺のものだぞ」

蜜口がつんつんとつつかれて、敷布の上を自然とずりあがった。

そこには誰も触れたことすらない。まして、何かを挿れたことなど一度としてない。

それなのに、楚興は当たり前の顔をして自分のものだと言う。

(何を考えているの？)

それほどまでに蘭花を望むのは、洞窟で触れてきたときに言った、愛しているという感情のあらわれなのだろうか。

(でも、わたしは結婚まで純潔を守らないといけないのに)

楚興を受け入れるわけにはいかない。

初夜に処女ではないと宋王に知られたらどうなるだろう。

侮蔑の言葉をぶつけられるのだろうか。それとも、政略結婚なのに〝キズモノ〟を寄こしたと父を責めるだろうか。

肉体的にも精神的にも手ひどい暴力を受ける自分の姿を想像し、蘭花の身体は恐怖で硬直しかけた。

「蘭花？」

妄想から意識を引きはがしたのは、楚興だった。

(……楚興は、今、夫なのだわ)

ならば、蘭花は彼を受け入れなければならないのではないか。

考えていると混乱に襲われる。しかし、蜜口にゆるゆると弧を描かれ、下肢の狭間を飾る大小の花びらをくすぐられると、巡る思考が停止してしまった。

「……楚興、わたし、だめ……」

「久しぶりだから怖いんだろう。わかった。俺を受け入れないと気が済まないという気持ちにさせてやる」

「あ……そんな気持ちになんてなりたく……ああっ……！」

楚興が唐突に花びらのあわせめに人差し指を押しつけてきた。

指の腹を左右にひねられただけで官能の波が打ち寄せて、蘭花は背をそらした。

「あ……ひあ……ああ……」

丁寧に薄皮をはがれて、快感の源を直接こすられると、腰が頻繁に跳ね、強烈な刺激に脳を焼かれる。

胎の奥からあたたかい液がとろりとあふれて、膣口からこぼれだした。

「蘭花。濡れてきたな」

「あ……や……」

「ここが濡れるのは、気持ちいいという証拠だよ」

尖った花芽を指先で揺すりながら、中指で蜜口をなぞる。

男を受け入れる淫らな孔は、まだ刺激になれないものだから、びくびくとおびえた。

「そ、楚興……や、やめて……」

「……蘭花。俺にすべてをさらしてくれ。可愛いここで俺を根元までくわえてくれ」

のしかかった彼は赤裸々な欲望を耳にささやく。恥ずかしさと愛おしさに全身が震えた。彼は耳たぶをやわやわと嚙みながら、陰核に指先を押しつける。快感に全身が甘くほどけてしまいそうだ。

「は……はぁ……ああ……」

唇を薄く開いて、悩ましげな息をついていると、楚興の中指がちゅぷんと膣孔に挿れられる。

第一関節までだろうか。慣らすように揺すってくる。

「あ……だ、だめって言ったのに……」

「俺の指は嫌いか？」

くるりと円を描きつつ、指が侵食を深める。

初めて異物を受け入れる蜜壺は鋭い痛みを発し、蘭花は眉をしぼった。

「や……痛い……」

「まだこっちの可愛がりかたが足りないか」

ひとりごとのあと、陰核への愛撫が心持ち強くなる。縦横に揺すられ、くりくりとこすられて、全身の毛穴が開くような快感に愛液がどっとあふれた。

「あ……ああ……ああん……んあ……ああ……」

「ほら、中がぬるぬるに濡れてきた。俺の指が半分以上挿《はい》っているのがわかるか？」

粘液の助けを借りて、指がずぶずぶと挿入されていく。

痛みがやわらいで異物感だけになり、それが快感に繋がる予兆が確かにあった。

「あっ……ひあ……あ……ひん……」

「もう根元まで呑み込んでる。なんていやらしいんだろうな。俺の指をくわえて……中がひくひくしてるぞ」

楚興が指をゆっくりと抽挿しだす。

一定の律動で指を出し入れされると、肉襞がうねりだした。

「あ……ああ……あああ……」

いつもはまったく意識したことがない蜜壺が、愛撫が深まるごとに存在感を増す。

中の粘膜が指の抜き差しに応じてうごめき、制御のできないその動きに困惑と快感が深まっていく。

「そ、楚興、もうこれ以上は……」

気持ちよくてたまらないのが怖かった。

このままでは、彼の言うとおりに、すべてを受け入れてしまう。

(純潔を失ってしまうわ)

それとも、もうすでに失ってしまったのだろうか。楚興の指にひたとからみつく肉襞は、主人に従順な狗《いぬ》のようだ。

「もうこれ以上は我慢できない？　だが俺自身を受け入れるには、まだ準備が必要だぞ」

楚興は含み笑いをしてから、陰核を休みなく揺すり始めた。さらに指の抽挿が速まる。

尖った神経の粒をいじられ、無垢な蜜襞をこすられて、快感が数段強まる。

「ああ……！　あああ……だめぇ……！」

胎の奥に快楽の波が押し寄せて、とても防ぎきれなくなる。ふだんの慎みなどかなぐり捨てて、蘭花は艶を増した髪を振り乱した。

「だめ……だめなの……おかしくなる……！」

この間、忘我の境地に至ったことを思いだした。自分がどうなってしまうかわからないあの感覚をまた味わってしまったら、もう二度と知らなかったころに戻れない。

「達《い》きたいなら、我慢しなくていい、俺がちゃんと見届けてやる」

「いや……み、見ないで……」

下肢の間に男の指をくわえて我を忘れている姿など、凝視してほしくない。

それでなくても、蜜壺から出入りする指が立てるぐちゅぐちゅという卑猥な音に耳から犯されているというのに。

「あっ……も、もう……！」

下肢の奥が熱くてたまらない。たまった快感を支えきれなくなって、膣の奥から白い奔流があふれだす。

「やぁ……あああー……」

忘我の稲妻が背から脳天へと抜けていく。

彼の指を締めつけ、胸を突きだして、蘭花は絶頂に至っていた。

「は……はあっ……」

高々と持ち上げられた腰を寝台にすとんと落とすと、息を荒くした。

甘ったるい余韻にひたっていると、楚興が指を抜き、覆いかぶさってくちづけをしてきた。瞼を閉じて、彼に応じる。

「ん……んん……」

濡れた舌と舌をからめていると、楚興への愛が胸の内をひたひたと満たしていく。

（本当に妻になれたら……）

一点の曇りもなく幸福感にひたれたはずだ。

しかし、現実は違う。

蘭花は貞節の道徳に背き、未来の夫を裏切る恥ずべき女だ。

涙が一粒こぼれた。すると、楚興がくちづけをやめ、涙を舌ですくってくる。

「そ、楚興……」

「何を考えているんだ、蘭花」

再度放たれた問いはどこか不機嫌な響きを秘めている。

蘭花はこくんと息を呑んだ。

(上の空だと思っている？)

楚興と房事にふけりながら、意識を外に向けていれば、確かに不愉快になるかもしれない。

彼を喜ばせたくて、蘭花は懸命に言い訳をする。

「楚興のことしか考えていないわ」

「……俺を愛しているか？」

彼の言葉に胸がぎゅっと引き絞られる。

「大好きよ、楚興」

楚興と結ばれたい。彼の花嫁になりたい。

何もなければ——宋王のことがなければ、いつかはその願いがかなうのではないかと期待していたのに。

楚興が満足そうにうなずく。

「わかった。お望みどおり俺をくわえさせてやる」

「え……」

一瞬身を固くすると、楚興が指を尖った肉粒に添わせる。

ゆるりと弧を描かれただけで、淫らな宝石はまたもや昂奮しだした。

「あ、あ、あ……！」

愛蜜をすくった指がうにうにと押しつけられる。肌がたちまち熱を帯び、蜜壺にまで心地よい波が届いた。

「やぁ……ああ……も……もう……！」

先ほどの絶頂の余韻が残っているせいか、たちまち昇りつめてしまう。

瞼を閉じて、ひくひくと全身を震わせていると、衣擦れの音がした。

目を開けると、楚興が衣を脱ぎ、白い内衣と褌子《ズボン》だけになっていた。内衣を脱ぎ捨てると、素早く褌子《ズボン》をゆるめる。

とたん張りつめたモノが飛びだした。

涙で潤んだ目に、それは奇怪な生き物のようにも見えた。

ぼんやりとした頭に、後宮で習った知識が舞い戻る。

（あれが男の証というモノなのだわ……）

赤黒い男根は隆々と勃起していた。

蘭花の手首ほどはありそうな太さといい、鏃《やじり》のように鋭い先端といい、猛々しさは肉の剣と呼ぶにふさわしい。

もっとも、蘭花が魅力を感じるのは、そんなものよりも楚興の肉体そのものだった。

分厚い胸板と引き締まった腹部、たくましい腕のほうがうっとりさせられる。

彼がにやりと笑って、天を向いた肉棒を不敵に揺らした。

「そんなに見るなんて、よほど欲しかったんだな」

「え……ち、違うわ……！」

見とれていたのは、彼の肉体のほうだ。しかし、にわかに心臓が早鐘を打ちだした。

あんなに太いモノが挿るものなのだろうか。先ほど指一本でも異物感があったのに、彼の雄身は指の何倍あるのか見当もつかない。

「もう何度も挿れてやっただろう。それなのに、初めてのような顔をしているな」

驚きのあまり息を呑む。

（きっとわたしに拒否させないための方便だわ）

それとも、楚興は誰か他の女と蘭花を混同しているのだろうか。

（まさか、楚興も記憶を失っている？）

仮定をすぐに否定した。

楚興は護衛兵と話をしていたのだ。記憶を失っているはずがない。

混乱しかけた頭を整理していると、楚興が蘭花の脚をぐいっと広げた。

蜜に濡れた秘処が空気にさらされてひんやりと冷える。

何より、楚興の眼前に隠しようもなくあらわになっているのが恥辱をかきたてた。

「やぁっ……だめっ……」

「今さらだろう」

楚興は呆れたように言うと、中指を膣孔にもぐらせる。

「あうっ……」

ちくっとした痛みが走ったが、彼が指を出し入れして律動的な刺激を送ってくると、身悶えしたくなるような快感に変化する。

愛液がすぐにこぼれて、脱がされて身体の下でくしゃくしゃになった蘭花の寝衣に染みていく。

「あ……あぁん……ああ……」

「中がとろとろだ。こんなに濡れていたら、もう俺が欲しくてたまらないだろう」

楚興の指摘するとおり、肉襞はたっぷりと蜜をたたえ、彼の指どおりをなめらかにしている。

「で、でも……」

蘭花の胸が不安に上下する。

楚興の男根は指と比較にならないほど太い。

おまけに、あれが挿入されたら、蘭花は処女ではなくなる。

(結婚前なのに、散らされるなんて)

不道徳だと口を酸っぱくして言われる行為だ。しかも、相手は夫となるべき男ですらない。

「蘭花、ここに俺を迎え入れるのは嫌か？」

ちゅくちゅくと水音を立てて指が抜き差しされる。背徳的な響きに、かえって昂奮を煽られるようだ。

「あ……ああ……」

「たまらないな。おまえを犯し尽くさないと、俺の夜が明けそうもない」

指を出し入れされるたびに快楽の波紋が広がる。蜜壺が貪欲にうねるのがわかった。

「わ……わたし……」

拒否しなくてはいけない。けれど、心の内では違う声が響いている。

楚興と結ばれたい——確かにそんな思いがあり、ふつふつと沸騰している。

彼が甘ったるく誘惑する。

「俺を中に迎えたら、もっと気持ちよくなれるぞ」

「き、気持ちよく……？」

不安と期待に揺れながらたずねる。

破瓜《はか》のときは非常に痛むが我慢しなければいけないと後宮の教育係は教えてくれた。

それなのに、楚興は気持ちよくなると言う。

彼に軽々と腰を引き寄せられて、蘭花は面食らった。大きく開いたままたの間に陣取った彼は、猛りきった男根の先端で閉ざされた膣孔をつつく。

「あ……ああ……」

槍の穂先を突きつけられているようだった。心臓が胸を突き破りそうなほど激しく叩いている。

「そんなに緊張するな」

含み笑いをこぼした楚興に向けて、強ばった頬をゆるめようとしたときだった。

亀頭がもぐってきて、蘭花は目を見張る。

「あ……やぁっ……痛い……！」

ぬぷぬぷと挿入される肉棒が男を知らぬ膣襞を裂いていく。生傷を引っかかれるような痛みに、蘭花は悲鳴と涙をこぼした。

「いや……抜いて……いやだ……」

「すごい抵抗だな。そんなに嫌がられると傷つくぞ」

楚興は軽口を叩きながら、指を陰核に伸ばした。敏感になった肉の宝石を転がされると、たちまち快感が生じる。

緊張していた膣が弛緩すると、楚興は男根をぐぐっと挿入してくる。

「ひ……ひぁっ……」

大きく咲いた花びらをくすぐり、快楽の粒を執拗《しつよう》にいじられると、初めて男を受け入れる緊張を強制的にほどかれる。

楚興は蘭花の隙を逃さず、肉棒をためらいなく突き入れてきた。

「いや……いや……」

快感と苦痛が混じりあって、何を感じているのかわからなくなる。涙をこぼしながらかすかにかぶりを振っても、彼は蜜口をじっと見つめながら挿入を深めた。

「楚興、許して。お願い、抜いて……」

「もう少しでおまえの奥に届きそうだ。我慢しろ」

「ひ、ひどい……」

泣き濡れて潤んだ瞳で彼を見上げると、彼は頬に楽しそうな笑みを宿している。

やさしげな微笑を浮かべているのに、琥珀の瞳は猛禽《もうきん》のように爛々《らんらん》と輝いて、情欲にあぶられていた。

その落差に心臓がどきんと鳴った直後、胎の深いところが甘く痙攣《けいれん》した。

「あ……ああん……」

脱力したところを一突きされて、衝撃にのけぞる。

「ひ……ひぁ……！」

「さすがに全部は収まらないな。おまえのここは育ちきっていないんじゃないか」

楚興が眉をひそめながら、蘭花の腹を撫で回す。

どうやら胎の奥にまで彼の男根は届いているのだが、根元まで収まりきらないようだ。

「や……し、知らない……」

動揺のあまり、蘭花は涙目で首を振った。

そんなところが成長しているかなんて、わかるはずがない。

「冗談だ。俺のほうに原因はある。他の男と寝てみたら、すぐにわかるぞ」

「そんなの嫌よ……」

楚興以外の男とこんな淫らな行為にふけるなんて考えられない。

衣の下に隠しているところを余すところなく視線にさらし、あまつさえ肉棒を受け入れているのだ。

「そうだろうな。おまえは他の男とこんなことはできないよ」

蜜壺に大きさを覚えさせるようにじっとしていた楚興が、腰を振動させ始める。

引きつれた痛みに眉をしぼっていた蘭花は、送り込まれるゆるやかな律動の心地よさに、緊張をほどきだす。

「あ……ああ……あああん……はん……」

痛みは異物感に変わり、その異物感が悦楽の源に変わりつつあった。

抜き差しされるにつれ、肉襞が押し広げられては寄り添う。

抽挿に伴う内部の変化が次第に快感になっていく。

「んん……んふ……ふぅ……」

いつの間にか背をそらし、腰をつたなく揺らめかせて彼に応える。

それがまた楚興を煽っているのだと蘭花は気づかない。

唇からもれる吐息に甘いものが混じりはじめたと気づいた楚興が、男根の出し入れを激しくする。

じゅぽじゅぽと淫らな旋律が轟いて、蘭花の耳を犯し、恥じらいと悦びに頬が朱に染まる。

「ひ……ひあ……やぁ……」

「久しぶりだからかな。初めてでもないのに、血が出てるぞ。大丈夫か？」

指先で蜜口をぬぐわれて、目の前に差し出された。

霞んだ瞳に映るのは、紅色をした液体だ。

(失ってしまった……)

処女の証は夫となるべき宋王でなく、楚興に盗まれてしまった。もはや取り返す術はない。

怖れと衝撃で胴震いする。

(……いいえ、わたしの身体は楚興に捧げるべきだったのよ)

宋王が蘭花を望まなければ、楚興と結ばれたはずだ。だから、彼に抱かれているのはあるべき姿なのだ。

そう言い聞かせながら楚興の首に腕を回すと、彼が驚いたように目を見張った。

「蘭花？」

「……き、気持ちいいの。とても」

「知ってるよ。中がびくびくしてるからな」

彼が蘭花の腰を抱えなおして、奥を深く穿《うが》つ。

鋭い切っ先に膣の突き止まりを突かれて、子壺まで振動が轟いた。

「あ……あああ……だめ……変なの……！」

肉粒をいじられるのとは違う重たい快感に、またもや眉間を寄せた。

「どう変なんだ」

「ど、どうって……お腹が熱くて……」

男根が奥に突き進むとふくれあがった亀頭で最奥をごつごつと突かれる。それが引かれると雁首を蜜口のあたりにこすりつけられた。

交互に襲う快感に、蘭花の脳内は混乱する。

浅ましいほど感じきってしまい、肉襞がじんじんと痺れる。

（楚興、楚興……）

ずっと一緒にいたい。

胸をしぼられるようにそう思う。

記憶を失ったフリを続けていたら、宋王に嫁がずに済むだろうか。

彼の妻になれるだろうか。

「あ……ああ……ひぁ……もう……」

膣が細やかに痙攣して限界を訴える。

内部のあちこちを突いていた肉の楔《くさび》が一心に蜜壺の最奥を攻撃してきた。

もはや陥落しかけていたのに、決定的な打撃を受けて、あっという間に絶頂に至る。

「やぁ……あああ……ああー……」

かすれた悲鳴をあげて、頂に押し上げられた。

肉襞がふるふると震えて男根を甘く締めつける。

楚興が眉間に深く皺を刻んで肉棒を深々と差し入れる。直後、蘭花の無防備な膣奥にあたたかいしぶきが撒《ま》かれる。

「え……あ……」

雨だれのように降りかかるものが何か、蘭花にもわかった。

（子種を吐かれたんだわ……）

男が男根を挿入した暁には種を吐くものだと後宮で習った。種を吐かれたら孕んでしまうと聞いた。

（どうしよう……）

恐れと喜びがないまぜになって身を震わせる。

楚興の子を宿したいが、宿すわけにはいかない。

結婚前に他の男の子を宿したら、どうなるのだろう。

宋王は怒りくるうに決まっている。父だって軽蔑するだろう。政略のために送り込んだのに、蘭花が楚興の子を宿してしまったら、役立たずになってしまう。

（それに楚興だって罰を受けてしまう）

それとも、彼は覚悟をしているのだろうか。

様々な考えが渦巻いて、収拾がつかないでいると、楚興が思いだしたように振動を送り込んできた。

とたん、甘い悦びが広がって、蘭花は戸惑いながら彼を見上げる。

「そ、楚興……？」

「蘭花、もう少し付き合ってくれ」

男は一度精を吐いたら力尽きるものだと習ったのに、蘭花の中の彼自身は先ほどと同じ硬度になっている。

「おまえの中が気持ちよすぎて、とても一度で満足できない」

「えっ……」

面食らっていると、楚興がまたもや抽挿を深める。彼が肉棒を抜きかけると、ぬるりとした液が隙間からあふれた。

「ああ、俺が吐いたものが出てきた。また吐いてやらないといけないな」

楚興が濡らした指先を見せつける。赤と白の混じった液に、戦慄した。

（駄目……）

このまま身体を繋げ続けるのは破滅だ。彼から離れるべきだと理性は忠告してくれる。

だが、亀頭で恥丘の裏あたりを突かれると、快感が身体いっぱいに広がって虚脱してしまう。

「は……はぁ……」

最奥をごつりとえぐられると、胎の底が揺さぶられた。

手を尽くした攻撃に、もっともっと気持ちよくなりたいという欲求が強まっていく。

「楚興……」

「蘭花、俺はおまえを愛し尽くせてない。もっとおまえをくれ」

そんなふうにささやく楚興の言葉には、未来への不安を遠ざける力があった。

巡る思いは甘美な波に呑まれて、蘭花は楚興の下で再び淫らな乱舞を披露していた。

四章　水辺の誓い

数日後の午後。

休養のために滞在している宿屋で蘭花は数人の子どもたちに字を教えていた。

中庭に面した建物の軒下に卓と椅子を並べ、穏やかな時間を過ごす。

子どもたちは宿屋の下働きをしている。日々、寝具を整えたり掃除をしたりする子たちは字を習いに行くことができない。

買い物を頼もうとして記した覚え書きが読めないと訴えられて、蘭花は字を教えることにしたのだ。

「その字の書き順は、払いが先なのよ」

椅子に座った男の子の後ろに立つと、自分の手を重ねて筆の動かしかたを教えてやる。

うなずいて筆をたどたどしくすべらせる姿に、胸があたたかくなった。

（懐かしいわ）

楚興にも同じように字を教えたものだ。

（あのときは、本当に……本当に幸せだった）

ふたりの時間が永遠に続くのだと無邪気に信じていた。

今では、どうしてあんなに楽観的でいられたのか不思議だ。

（もう手に入らないのに）

ほろ苦い追想は、甲高い声で破られた。

「これ、全部覚えないといけないの？」

ひとりの子が、蘭花が書いた手本を見て、唇を尖らせる。蘭花が書いたのは日常使う文字を百字ほどだった。

「覚えたらお仕事がはかどるわよ」

にこにこして告げると、子どもたちは懸命に字を真似ている。

蘭花は母や姉のような気持ちで見守った。

「……そういえば、お兄さんは？」

おさげ髪の女の子に訊かれ、蘭花は頬を軽く強ばらせた。

「今、出かけているのよ」

「ふうん。お姉さんはおいてかれたの？」

図星をつかれて、寂しい気持ちでうなずく。

（楚興、いったいどこに行ったのかしら）

午前中に出かけてから、まだ帰って来ない。

『宿の外にひとりで出ないように』

彼の命令にむくれた蘭花だ。

（ひとりで外出くらいできるのに）

生まれながらの公主ではないのだ。世間知はあるつもりだし、何も困ることなどない。

しかし、蘭花は今、記憶を失っていることになっている。だからこそ、楚興はひとりの外出を禁じたのだろう。

（それなら、連れて行ってほしいのに）

ひとりでここにいるのは不安を誘われる。

子どもたちの言うとおり、おいてけぼりになった気分だ。

（それとも、わたしに言えないことでもしているのかしら……）

もやもやとした心配の源を言葉にしてあらわせばそうなるだろう。

記憶を失っている以上、楚興に根掘り葉掘りたずねることはできない。考えを打ち明けてくれるのを待つよりほかないのだ。

しかし、それは、どこに辿りつくかわからない船に乗っているような恐ろしさがあった。

うつむいて思案にくれていると、子どもが蘭花の顔を覗いてきた。

「お姉さん、元気だして」

「そうそう、元気だして」

「ありがとう」

にっこり微笑んで子どもたちを見る。明るい笑顔が揃った光景は、灰色の雲間から差す陽光のように思えた。

「じゃあ、もう少し練習を――」

「ああ、ここにいたのか。さあ、仕事の時間だ。買い物に行ってくれ」

宿屋の主人が顔を出す。

体格がよく、強面《こわおもて》に髭《ひげ》をたくわえているので一見すると非常に怖いのだが、実のところは善良な中年男だ。

(まだ練習をはじめたばかりなのに)

むろん子どもたちは雇われており、仕事優先なのは理解できる。

しかし、蘭花はようやく順調にいき始めた練習を続けさせてやりたかった。

「お買い物でしたら、わたしが行きます」

蘭花が告げると、主人はあわてて顔の前で手を振る。

「ああ、駄目ですよ。お客さんにそんなことはさせられません」

「かまいません。その代わり、この子たちに練習の時間をあげて欲しいんです」

蘭花は彼に近寄ると、手を差し出す。

「しかし……」

「暇を持て余していたんです。行かせてください」

相手の遠慮をやわらげるように強めに主張すると、主人が観念したように眉尻を下げた。

「お言葉に甘えていいんですかね」

「もちろんです」

蘭花は安心させるように微笑むと、籠を受け取った。買って来て欲しいのは糸と布らしい。店の場所を教えてもらい、蘭花は意気揚々《ようよう》と外に出る。

買い物に出ようと考えたのは、子どもたちの練習時間の確保のためでもあるが、外に出て気をまぎらわせたかったためでもあった。

(……どうしても物事を悪いほうに考えてしまう)

嘘をついた関係では、どうしても安心していられない。ぐらぐら揺れる地面に乗っているような不安定さを感じる。

(前は違ったわ……)

蘭花と楚興の間には積み上げたふたりの歴史があった。

それを拠り所にした関係に、いくらかの不満を抱いていても不安を覚えることはなかった。

しかし、蘭花が記憶を失ったと言ったことで、ふたりの歴史はないものとなってしまった。

蘭花は楚興との間に築いた過去を崩し、彼は自分は夫だと嘘を告げた。

偽の夫婦の関係は、ちょっとしたことで崩壊してしまいそうだ。

(抱きしめあっているのに……)

破瓜の一夜から、連日床を共にしていて、以前よりも格段に身体の関係は深まっている。

楚興に求められると、蘭花の肉体は悦びにほどけて、あられもない嬌声をあげながら彼を迎え入れてしまうのだ。

しかし、抱かれたあと、肉体が冷えていくにつれてどうしようもなく心が揺れる。

結んではならない肉体を結んでしまった恐怖と背徳感に苦しめられ、反面、彼と結ばれた幸福感に酔う。

正負の感情を行ったり来たりして、蘭花は自分がどうしたいのかすらわからなくなっている。

(楚興と一緒にいたい……)

記憶を失ったフリをし続けていたら、彼と夫婦になれるだろうか。

しかし、そうすると宋王がどう対応するか不安だった。

もしも、彼の恨みが楚興に向いてしまったらどうすればいいのか。

楚興を守りきれるだろうか。

最近、同じ問いかけばかりを心の中でくり返している。

つい眉を引き絞って考え続けていると、城市の中心部に出た。

往来を行き交う人々はそれほど多くなく、呼び込みの声ものどかだ。

布を売る店に入ると、頼まれていた長さ分だけ布を切ってもらう。店員が布を裁《た》つ様子を眺めていると、端の卓に座っていた女の客が茶を飲みながら女主人と話していた。

「それにしても、明州からの役人はなかなか到着しないらしいわね」

「あの土砂をなんとかしてもらわないといけないって浪青のお役人もピリピリしてますよ。まあ荷のいくらかは、水運でも運ばれてきますけど」

「そういえば、公主さまのお輿入れの行列が通ると聞いたけれど、どうなったのかしら?」

ぴくりと肩を揺らしてしまう。

蘭花の婚礼の噂が流れていても不思議ではないが、まさかこんなところで聞くとは思わなかった。

「明州に引き返したらしいですよ。迂回路を通るんだとか」

「そうでしょうね。婚礼は吉日を選んで執り行われるわけだし、いつまでも到着しないわけにはいかないでしょうから」

「公主さまは花も羞《は》じらい月も隠れるほどの美女だそうですよ。一度でいいからご尊顔を拝したかったですねぇ」

蘭花は口をパクパクとさせた。

（そ、そんな美人のわけがないじゃない）

おしゃべりに夢中の彼女たちは、蘭花をまったく無視している。月の光すら消してしまうほどの美女ならば、蘭花を見ずにはいられないだろう。

「ご希望の長さに揃えさせていただきましたが」

店員におずおずと声をかけられて、蘭花ははっとした。

「あ……それでは糸を。青と銀の糸が欲しいの」

「かしこまりました」

布と糸を簡単に紙にくるんだ店員から包みを受け取ると、蘭花は預かっていたお金を払った。

店を出ると、ほっと息をついた。

（わたしの噂が伝わっているなんて……）

寄っていた眉間をほぐすように揉んだが、今度は唇をきつく噛んでしまう。

当然といえば当然だった。婚礼に赴く公主などめったに見物できるものではない。よい見世物くらいに思っていたのだろう。

（それにしても、明州に引き返したという噂はどこから出たのかしら）

一番噂を広めた可能性があるのは、楚興だ。隊列の責任者は彼だからだ。

（もしも、わたしが楚興だったら、どうするだろう）

土砂崩れに遭い、蘭花は記憶を失っていると言う。

自分だったら、まずは皇帝に報告をするだろう。それから、宋王に予定より到着が遅れる旨を連絡する。

そのあと、別れた兵士たちの無事を確認し、けがをした者には治療を命じ、健康な者には待機を指示するだろう。

（最大の問題は、わたしの記憶喪失だわ）

楚興が蘭花とふたりだけになることを選択したのは、よけいな刺激を与えないためだろう。

記憶を失った女に、おまえは公主であり、これから政略結婚のために宋王のところに行くと告げたところで、さらなる混乱を招くだけだ。

（……楚興が夫だと言ったのは、わたしを落ち着かせるためかしら……）

蘭花の味方であり、絶対の庇護者だと知らしめるために夫だと言った。

だとしたら、楚興の判断は理解できる。

（だけど、わたしに手を出したのは、大きな過ちだわ）

蘭花の記憶が戻ったときに、どう言い訳をするつもりなのだろう。

それとも、言い訳などするつもりはないのだろうか。

唇に指先で触れる。

しっとりとした息が重なる瞬間、彼への愛を実感する。

身体の線をなぞる指には期待をかきたてられ、秘処をまさぐられれば官能が高まった。ひとつになるときは最高の幸福感を覚え、永遠に時を止めたくなるのだ。

(楚興も願っているのかしら)

蘭花の記憶が戻らないことを。たとえ記憶が戻らなくてもかまわない、自分のものにするのだと決めて、蘭花の処女を散らしたのだろうか。

(わからないわ……)

楚興の考えが読めない。訊いたところで教えてくれるのだろうか。

(でも、どうやってたずねたらいいのかしら……)

わたしは本当にあなたの妻なのかと問いかければいいのか。

(よけいなことを言って、嘘をついていると暴かれたらどうするの?)

楚興に軽蔑されたくない。それに、嫁ぐ前の公主という立場からしたら、身勝手で最低な行為をしている。

本当は記憶を失っていないのだと知られるくらいなら、すべての疑問を呑み込んでいるほうがましだ。

(……帰ろう)

いつまでもこんなところで考えごとをしてはいられない。

蘭花はのろのろと足を動かしだす。

のんびりとおしゃべりしながら通りすぎる人々が、別世界の住人のように見える。

よどんだ水の中を必死に泳ぐ魚の気分で歩いていると、斜め前の茶楼《さろう》から楚興が出て来た。

蘭花はさっと背を向けると、ちょうど目の前にあった露店に並べられた野菜を眺めるフリをする。

呼吸を整えてから、ちらりと背後を振り返れば、楚興が周囲をきょろきょろ見回してから歩きだした。

（どこに行くのかしら……？）

蘭花は尾行を始める。

あまり距離を置くと引き離されてしまうが、かといって近寄りすぎると勘のよい楚興に気づかれそうだ。

楚興はしばらく行ったところで、脇の路地に姿を消す。

あまりにも急に見えなくなったから、瞬時、足が止まった。

（どうしよう）

一瞬迷ったけれど、悩んでいる暇はなかった。きゅっと唇を引き結ぶと、路地に飛び込む。

慎重に進んでいると、唐突にわめき声がした。何を叫んでいるかわからないが、複数の男の声が響く。足がすくんで立ち止まったのは束の間だった。

(もしかして、楚興が襲われて!?)

だったら助けなければとあせって走りだし、声を頼りに狭い路地の角を曲がる。

そこに楚興がいた。いたのはいいのだが――。

「よくもこんな手間をかけさせたな」

彼が低い声で脅しているのは、地面に身体を折って横たわっている男だ。

男は鼻血を流してひぃひぃと泣いている。それも当然だろう。

片手の甲を短刀で地面に縫いとめられているのだ。しかも、その短刀の柄を楚興は足裏で踏んで回している。

蘭花は怖気をふるって、一歩退いた。楚興が痛手を与えた上にさらなる苦痛を授けているのが、明らかだからだ。

「つまらない真似をする――」

「は、白将軍そのへんで赦してやっても――」

ちょうど楚興の陰から中年の男が這って出て来た。

一目で上等とわかる藍色の深衣を着た男だ。口の脇に刻まれた深い皺と秀でた額。謹厳《きんげん》実直《じっちょく》をよくあらわした顔には見覚えがあった。

彼の顔を見るなり、蘭花は危うく悲鳴をあげそうになる。

(法義成《ほうぎせい》さま!)

宋王との結婚の詳細を詰めるため行き来をしていた、宋王側の使者だ。

必死に声を呑んだのは、蘭花はただ今記憶を失っている設定になっているからだが、そのせいで体内に広がる衝撃が消えない。

（なぜこんなところに――）

あまりにも到着が遅いことを心配して、迎えに来たのだろうか。

とっさに身を隠さねばと足を動かしかけて、義成の声に阻まれた。

「公主さま!?」

ぴくりと肩を揺らして立ち止まる。

それから、しまったと臍《ほぞ》を噛んだ。

（こんな反応では、記憶が損なわれていないとバレてしまう……）

楚興たちを見る勇気を失い、地面に視線を落としていると、楚興が静かに答えた。

「義戎どの。この男をどうしますか？」

あえて蘭花の話題を避けたのだと直感した。

楚興の意図に気づいたのかわからないが、義成がため息まじりに答える。

「放してやってください。そこまで痛い思いをしたら、もう二度と悪事を働くまいと思うでしょう」

「義成どのがお赦しになるならそうしましょう」

澄まして言うと、楚興は短刀から足を離し、それを抜いてやる。

抜く際に痛みが走ったのだろう。男の悲鳴は耳にしただけで身がすくむように痛々しかった。彼はよろよろ立ちあがると、路地を立ち去る。小さくなる背中は老人のように丸まっていた。

「ところで公主さま――」

「蘭花、なぜここに来た？」

義成の声をさえぎって、楚興が鋭く質問する。あっけにとられた義成が、楚興と蘭花の間に視線を走らせた。

蘭花はうろたえ、手にしていた籠を腹に引き寄せてから答えた。

「その……お買い物の途中で楚興を見かけたから……」

「追いかけたと言うのか？」

問われてこくんとうなずく。

楚興がみるみるうちに眉間に皺を寄せた。

「外に出るなと言い聞かせたのを覚えていないのか？　おまえは記憶を失っているんだから」

「……本当に記憶がないのですか？」

義成の質問に、楚興は振り返って答えた。

「そうですよ。蘭花には以前の記憶がありません」

「なんてことだ。それでは計画が台無しだぞ！」

義成が青ざめて答える。

「婚礼に合わせて準備を進めたのに、どうするんだ!?　時間がかかりすぎれば、情報が洩れる。そうなったら宋王がどう対処するかわかるだろう!?」

「義成どの」

楚興が穏やかにたしなめるが、義成の口吻《こうふん》は荒くなるばかりだ。

「本当にどうする気なんだ!?　貴殿の言っていたとおり、紅夏の人間も宋王殿下の領地に続々と集まってきている。今さら結婚を中止になどできるものか！」

「義成どのお静かに」

「このままでは宋王殿下が何をしでかすか、わからないぞ。今でも、公主さまのご到着が遅れることに不満をぶちまけているんだ。もしも、公主さまが来られなかったら、紅夏側の村を焼き討ちにすると言ってるんだぞ」

顔を真っ赤にして唾を飛ばす義成の目尻は、つりあがっている。

激しい怒りをあらわにされて、蘭花の血の気が引いていく。

（……わたしのせいで、誰かが犠牲になる……）

楚興と一緒にいたいから、記憶を失ったフリをした。彼に抱かれて、背徳感と同時に歓喜を味わった。

しかし、それはやはり身勝手な振る舞いだったのだ。蘭花が幸せを手に入れたら、不幸になる人があらわれる。想像ではなく、それは現実に起こってしまうことなのだ。

指先がじんと痺れた。足指の先が冷たい。

「義成どの。こんなところで叫ぶのはやめてください」

楚興は冷静に注意する。口調は穏やかだが、瞳に揺れるのは物騒な光だ。

彼は明らかに怒っている。

「しかし、白将軍……」

「話はお約束していた茶楼でいたしましょう。義成どのが破落戸《ごろつき》に捕まったおかげで、無駄な時間を使いましたよ」

「……すまん」

「そんな上等な服を着ているのが悪いのです。金を持っていると表札をつけているのと同じですからね。……蘭花、ひとまず帰ろう。送っていく」

「ううん、いいの」

蘭花は頬が引きつっているのを自覚しながらかぶりを振った。

「蘭花？」

「お先に帰るわ。その……わたしはひとりで大丈夫」

「何が大丈夫だ。付き添いが必要だろう」

「ううん、本当に要らないわ。ひとりで帰る。帰りたいの」

固い口調で断ると、楚興が唇を引き結んだ。

強い視線は蘭花の心中を探っているようだ。これ以上彼に見つめられたくない。

「やはり俺が送っていこう」

淡々としているが心配のにじんだ声音に、胸を衝かれる。

（わたしを大切に思ってくれているんだわ）

胸にひしひしと迫るほどうれしかった。と同時に、彼に負担をかけている事実が申し訳なくてたまらなくなる。

（このままじゃいけない……）

ふたりで進んでいけば、待っているのは破滅だけだ。宋王どころか父からさえ、追っ手をかけられるかもしれない。

「蘭花……？」

降り積もる憂いに囚われていた蘭花は、近づこうとする楚興をまなざしで制した。

「わたし、本当に大丈夫だから！」

くるりと背を向けて、大またで歩きだす。

とにかく楚興から離れたくてたまらなかった。

(考えなくちゃ)

義成の出現は予想外だが、重要なことを教えてくれた。

今後どうするかを考えなければならないということだ。

(わたしはどうしたら……)

少なくとも今のままでいられないのは明らかだ。

決断をしなければならない。

(記憶を取り戻さなければ……)

けれど、そうなったら、楚興との関係は終わる。

彼の腕に抱きしめられることもなくなる。

唇を嚙んで早足になった。そうでなければ、涙がこぼれ落ちそうだった。

(帰らなきゃ……)

その場所がどこになるのか考えだすと途方に暮れて、蘭花は現実から逃げるように、ひたすら足を速めて宿への道を歩いた。


その夜、蘭花は湯を借りた。

土砂崩れのせいか、宿は宿泊客が少なく、湯殿もすいている。

壁には吊り灯籠がとりつけられていて、橙色の光が室内を淡く照らしていた。

素朴な木の湯桶の中で手足を伸ばす。

あたたかな湯に張りつめた神経がほどけていくような心地だった。

（結局、楚興と話ができなかったわ……）

暇つぶしに湯をかきわけて、蘭花はため息をつく。

できなかったのではなく、しなかったのだ。

夜になって楚興は帰って来たが、仏頂面《ぶっちょうづら》だった。

明らかに不機嫌そうで、蘭花は声をかけるのをためらった。

（義成さまと何かあったのかしら……）

法義成は、宋王との結婚に関する細かな打ち合わせを担当していた。

輿入れの時期は言うに及ばず、蘭花の持参金という名目の封土の加増の要求、宋王の封土からあがる租税分配の割合など彼が交渉していたのだ。

義成にしてみれば、蘭花の結婚は苦労して得た果実だ。

それが無駄になるなら怒りを覚えても当然だ。

しかし、彼がどんなに怒ったとしても、結局のところ、結婚は宋王の意思が反映される。

宋王は、蘭花の到着の遅れに不満をぶちまけているのだという。紅夏国の領地の村を焼き討ちするという脅しを思いだすと、ほどけていた神経が引き締まる。

（……やっぱり逃げられない……）

宋王と結婚しなければ、誰かが迷惑をこうむるのだ。

蘭花のわがままがそんな結果を招くとしたら、とても耐えられそうもない。

立ちのぼる湯気に息苦しさを覚えて、衝動的に立ち上がる。

湯桶から出ようとすると、脱衣所との境の扉が開かれた。

「だ、誰……？」

湯を使用中の旨を表示していたのだが、はずれでもしたのだろうか。

「俺だよ」

含み笑いと共に入って来たのは、楚興だった。

引き締まった裸体を堂々とさらして近寄って来る。下肢には布一枚すら巻いていない。

一瞬あっけにとられ、それからあわてて湯に沈む。

「な、なぜ、入って来たの？」

湯の中で胸を隠しながらたずねると、楚興が笑って答えた。

「俺も湯を使おうと思って」

「わ、わたしのあとにすればいいのに」

「今さら恥ずかしがるのか？」

呆れたように指摘され、蘭花の頬が赤くなった。湯のぬくもりだけでなく、自分の体温でのぼせてしまいそうだ。

「……恥ずかしいに決まってるわ」

「いつまでも慣れないんだな。まあ、そういうところが興趣《きょうしゅ》をそそるが……」

言われたことが頭に浸透すると、またもや体温の上昇を感じる。

湯気にあてられていると、楚興が湯桶のすぐ近くで片膝をついた。

「ずっと入っていたら、湯あたりするぞ」

「……楚興がいるから出られないわ」

「なんで俺がいると出られないんだ？」

笑いをこらえたような表情でたずねられ、蘭花はどう答えていいか迷う。

「それは――」

その場しのぎに口に出しかけた返答を呑み込む。

楚興の肩に走る傷痕が目に入ったからだった。

肩だけではない。胸や腕にも鋭いもので斬られたような傷痕がある。

あまりの痛々しさに、言葉を失った。

「どうした？」

楚興が額に掌を当ててくる。

汗の浮いた額に、楚興の手が熱く感じられ、蘭花は湯の中で身震いした。

心臓がどくどくと鳴り響いている。

楚興にじっと見つめられていると、身体から力が抜けて、湯の中に溺れてしまいそうだ。

「——蘭花、出たらどうだ？　顔が茹であがってるぞ」

笑いのにじむ誘いに、小さくうなずいた。

確かに熱くてたまらなくなっていた。

（このままでは、倒れてしまうわ）

迷惑をかけるのは忍びない。

蘭花は湯からそろそろと立ち上がると、湯桶から出て——足がもつれて転倒しかける。

楚興が素早く立ち上がると蘭花を支え、浴室の床に座らせる。

あぐらを組んで座った彼の肩に後頭部を預け、胸にもたれた。

「少し休め。湯あたりすると言っただろうに」

「……本当にごめんなさい」

「そんなに恥ずかしがらなくてもよさそうなものだが」

「だ、だって……」

未だに裸をさらすには勇気がいる。

豊満とは言いがたい胸や、貧相な腰つきに自信がないせいだろうか。

「わたしの裸は魅力的ではないし……」

「俺はおまえにしか欲情しないぞ」

蘭花はごくりと唾を飲むと、楚興を振り向いた。

欲望に濡れた琥珀の瞳に、身体の火照りが煽られてしまう。

「う、嘘だわ――」

返事はくちづけだった。

蘭花の顎をいささか強引に引き寄せて唇を重ねる。

ふうふうと鼻から息を吐いていると、楚興が舌先で蘭花の唇の隙間をつつく。

それだけで脱力して、結んでいた唇をゆるめると、彼は即座に舌を差し入れてきた。

甘い酒の匂いのする舌が、蘭花の小さな舌を何度も舐める。

無理やりな角度でくちづけられ、厚い舌を男根のように抜き差しされて、蘭花の身体の奥が熱くなった。

「ふう……ふ……う……ううん……」

彼の舌は奔放に蘭花の舌を追い回す。

表も裏も舐め尽くされて、下腹の奥にあたたかな蜜が満ちてしまう。

脚のつけねをこすりあわせて、高まるばかりの淫靡な熱を逃がそうとした。

「あ……あふ……ふぅ……ふう……」

楚興は右手で蘭花の顎を捕らえて強引なくちづけをほどこしつつ、左手で乳を揉みほぐしだす。

重みをはかるように下からたぷたぷと持ち上げられ、乳房の輪郭をなぞられて、蘭花は脚をばたつかせた。

「んん……んう……ふう……んふぅ……」

楚興は五指を大きく広げると、蘭花の左胸を掴んで揉みほぐす。

硬い掌で乳首の先端をこねまわすものだから、気持ちよくてたまらない。

「ん……んうう……ふう……ふぅ……」

舌を追い回されて、肩がひくんと跳ねる。

乳房は円を描くように揉まれて、性感が否応なく高められていった。

(気持ちいい……)

下腹が熾火であぶられているように熱い。胎内からとろとろと蜜が流れだしているのがわかる。

丹念《たんねん》に口内を愛撫した楚興がようやく唇を解放してくれた。

彼は右の人差し指で蘭花の唇をなぞった。紅を塗るようにやさしく触れられると、ぽってりと腫《は》れているのがわかる。

「いやらしい顔をしているとわかってるか?」

「そ、そうなの……?」

内心で動揺して確認する。

感じているとはっきり理解できるほど顔にだしてしまっているのだろうか。

「そうさ。蘭花は素直だからな。感じているとすぐにわかるよ」

「恥ずかしいわ……」

浅ましく反応する身体がみっともなくてたまらない。

恥辱のあまり、軽くうつむくと、楚興が背後から強く抱きしめてきた。

頬を寄せて低くささやく。

「そんな顔をされると、もっと可愛がりたくなるな」

「や、やめて……！」

楚興は蘭花を抱いていた腕をゆるめて、今度は右の乳房をやわやわと揉みだす。

官能を煽る手つきに、蘭花は彼の手を押さえた。

そもそも、この浴場はふたりだけの場所ではないのだ。

もしも、誰かが入って来たら、どうするのか。

「誰も入って来ないから安心しろ。但し書きをしてある」

「なんて書いたの？」

「入ったら、殺すと」

「そんな物騒なことを書いて――」

蘭花は彼をたしなめる。

昼間の破落戸《ごろつき》への残酷な仕打ちといい、楚興はときどきひどく無情になる。

「冗談だよ」

彼は笑いながら、左手で腹を撫で回す。

悩ましげな手つきに、蘭花はぎゅっと眉を寄せた。

「や、やめて――」

「こんなところをさわられても、ちっとも満足できない？」

大きな手で撫でられているだけなのに、蘭花の下肢の奥がさっきからびくびくと波打っている。もっと強い刺激を求めているような動きだ。

「ちが……う……ああ……」

「本当はもっと下に触れられたいんだろう？」

耳の孔に淫らな誘いを注いでから、舌を出し入れしてくる。

肉棒の抜き差しにも似た動きに、背がびくびくと跳ねた。

「や、いや、そんなことない――」

楚興の左手がするりと恥丘にくだる。

陽にさらされたことのない白い肌をそっと覆われただけで、顎をそらした。

「あっ……」

楚興の指がなだらかな丘を覆う下生《したば》えをすく。

指をからめられただけで、熱が急上昇したように顔が熱くなる。
「や、やめて、楚興……」
「甘ったるい声で止められても、説得力がないな」
彼は指で叢の流れを整えている。易々となびく下草は、蘭花の心と同じだ。
（わたしは楚興になびいている……）
彼に抱かれて深い悦びを感じている。
自らの手で放すなんて、できるのだろうか。
（一度放したら、もう二度と摑めないのに……）
次に蘭花の手を摑まえるとしたら、宋王だろう。
（そんな……）
想像しただけでぞっとしてしまう。
宋王と柔肌を重ねるなんて、できるはずがない。
悲しい気持ちを持て余していると、楚興がぐいっと脚を開いた。
もしも対面に誰かいたら、秘処が丸見えになるだろう大胆な格好だ。
「あ、嫌……！」
叢と戯れていた指がするりと脚のつけねに滑っていく。
慎ましく閉じていた肉びらをぱくりと開かれて、恥ずかしさに息が止まりそうになる。

「ひ……あぁっ……」

「蘭花、もう濡れてるんだな。俺が欲しいか？」

膣孔を長い指先でつつかれて、熱い息が自然とこぼれた。

くちづけと胸への愛撫をほどこされただけで、胎内は潤っている。

「や……そんな……」

「認めたくないか？　認めたら、いきなり挿《い》れられると心配なんだろう。安心しろ。じっくり愉しませてから、挿れるから」

楚興がゆるゆると指を這わせだす。

こぼれだした蜜の助けを借りながら大小の花びらをくすぐり、触れるか触れないかくらいのやさしさで蜜口に弧を描く。

「う……うん……あ……ああ……」

膣孔がびくびくと引きつっていた。

それが緊張によるものなのか高揚のためなのか、蘭花にはわからない。

わからないながらも、楚興の指がもたらす心地よさに頭を左右に振って息を荒らげる。

「あ……ああん……ああ……も、もう……」

「ここも忘れては駄目だな」

楚興の指が花びらのつけねに辿りつく。

人差し指の先を花芽に押しつけると、くるんとまわした。

「あ……ああ……」

とたん強烈な快感が背をのぼった。

指紋をこすりつけるようにされ、腰がびくびくと震えあがる。

「は……はう……はふ……」

「もう尖ってきた。俺の指をつんと押し返して……。こんなにいやらしい反応をするなんて、蘭花は悪い娘だ」

楚興は人差し指で淫玉を転がしながら、中指をそろりと膣孔に挿れてくる。

刺激に慣らそうとしているのか、中指で孔の入り口付近に円を描いてくるのがもどかしくて気持ちいい。

「あ……ああ……はぁん……」

腰を揺らめかせて応えてしまう。

花芽と膣の中に触れる指は、それぞれ違う律動で動いた。

淫玉は快感を煽るように鋭くこすられているが、内部をえぐる指はゆっくりと弧を描きつつ奥に侵入する。

「ひ……ひあ……ひあ……ああん……」

即座に与えられる肉粒の快楽に身悶えて、長い髪を振り乱す。

中にいる楚興の指がじっくり抜き差しされだすと、質の違う快楽を同時に味わわされて、早くも陥落しそうになる。

「楚興……駄目……たくさん——」

「たくさんしてほしいんだな？　わかった。望みどおりにしてやろう」

彼はすべての手で官能の源をいじりだした。

右手は蘭花の右の乳房を摑んで揉みしだき、左手は秘処を好き放題に愛撫している。

唇で耳殻のふちをなぞられて、すくみあがった。

「ひ……ひゃあ……だめ……！」

「すっかり感じやすくなったな。元々か、それとも俺のせいなのか？」

低くささやかれ、蘭花は首筋まで赤くして答える。

「……楚興のせいだわ」

「だろうな。下の口がひくひくしてる。もう達《い》きそうだな」

「あっ……そんなこと言わないでっ……！」

ちゃぷちゃぷと水音を立てて指を出し入れされるのは、たまらない刺激だった。

ちょうど秘玉の裏あたりを指先で押されて、嬌声があがる。

「ひあぁ……！」

「ここも気持ちのよいところか。蘭花はわかりやすくて可愛いな」

感じやすくなった粘膜を指で押されて、楚興の肩の上で頭を振った。

「あ……ああん……も……やだ……」

淫玉の裏あたりが昂奮するに従って物欲しげに出っ張り、そこを指の腹でこすられると、なんとも言えぬ快楽に見舞われた。

「はぁ……はぁ……ああ……」

息が乱れに乱れた。

感じるところを同時に愛撫されて、腰がずっしりと重たくなっていく。

指が出し入れされるごとに淫液がかきだされ、みっともないほどあふれてしまう。

「そ、楚興……ああ……ああん……！」

彼の右の指がぷっくりと膨れた乳首をねじる。

それがたまった快感が弾ける合図だった。

「ひああ……ああ……ああ……あああ……！」

腰の感覚がなくなり、膣がとろける錯覚に襲われる。

理性を消し去る白い矢が恥骨から背を通り、頭の上から抜けていく。

はばかりない悲鳴をあげて、蘭花は絶頂に至った。彼の指がなお追いつめるように中の襞と秘玉をこするから、小さな絶頂の波に絶え間なく襲われてしまう。

「ひ……ひあ……もう、やめ……やめて……！」

秘処を突きだすようにして深くて長い悦びを味わった。

ほんの少し前までは男女の交合がもたらす性感などみじんも知らなかったのに、今や楚興の手でたやすく頂点に導かれる。

ほころび始めた肉体を、蘭花はどうしていいかわからない。

ちゅぷんと音を立てて指を抜かれる。

栓を抜かれた蜜口からとろりと生あたたかい液があふれる。

「……蘭花。達するときのおまえは本当にきれいだ。大輪の牡丹が咲くようだぞ」

「楚興……」

頬を赤らめて瞼を伏せる。

自分をさらす恥辱の瞬間を、彼だけが目の当たりにしている。

(他の誰にも見せたくない……)

楚興以外の男と肌を重ねるなんて考えられなかった。

彼だからこそ肉体の隅々まで見せられるし、触れさせられる。

(同じことを宋王とできるの……？)

宋王に嫁げば、当然のように身体を求められるだろう。そうなったら、彼に応えることこそ蘭花の義務となる。

たとえ愛していない男でも、夫という立場になったら、蘭花を好きにすることができるのだ。

(嫌……そんなことしたくない……)

こうやって抱き合う相手は楚興以外考えられない。

切なくなって、自分の胸を覆う楚興の手の上に手を重ねる。

「蘭花?」

「……楚興の手は大きいのね」

蘭花の手ではとても覆えない。一回りは大きそうだ。

愛おしげに指を撫でていると、楚興が背後からいっそう強く抱きしめてきた。

「そ、楚興?」

「……蘭花。おまえが望むなら、俺はどんなことでもしてやる」

艶めいたささやきに、蘭花の心臓が跳ねた。

「どんなことでもって……」

してもらうことなど何もないはずだ。

一瞬通りすぎた考えを、また引き戻して咀嚼《そしゃく》する。

(もしかして、宋王を排除するとでも考えているのかしら)

思い至ると胸がどきどきと鳴った。

宋王・劉元芳を排除するなんて、できるはずがない。

彼は私兵を雇って護衛にし、ごくわずかな側近しか近づけないのだという。

そんな彼を害するなんて、難しいに決まっている。

蘭花は震える指で楚興の指を辿った。

「何もしてもらわなくてもいいわ」

「蘭花？」

「何もしてもらわなくていい。わたしは楚興のそばにいられるだけでいいんだから」

「……ずいぶん控えめなんだな。遠慮しなくていいぞ」

「遠慮なんかしてないわ。わたしは楚興の傍らにいられればいいの」

抱きしめてきていた楚興の手がわずかにゆるむ。

臀部《でんぶ》に反り返った男根がこすりつけられて、力いっぱい赤面した。

「……や、やめて……」

「欲しくないのか、これが」

腰を肉棒でこすりつつ、楚興がささやく。

蘭花の内部がいっそう焦《こ》がれた。

（楚興が欲しい……）

彼を受け入れたときの充溢《じゅういつ》と、奔放に突かれる悦びを思いだすと、指だけでなく楚興自身を欲しくなる。

（でも、そんなこと言えないわ……）

まだ恥じらいまでは棄てたくない。

たとえ、彼に裸身のすべてを捧げているとしても。

一瞬沈黙すると、楚興が甘えるようにたずねてくる。

「蘭花、俺のお願いをきいてくれないか」

「お願い？」

首を傾げると、楚興の指が腹を撫で、恥丘を伝わり、ついには蜜口に触れる。

「あっ……」

「ここを舐めさせてくれ」

「な、舐める？」

信じがたい要求に声がひっくり返った。

そんなところに口をつけるなんて、常識はずれとしか思えなかった。

「この可愛い唇にくちづけさせて欲しいんだ」

「そんな……」

可愛いと表現されるところなのだろうか。

指で触れられるだけで、恥ずかしくて死にそうな思いを味わうのに、唇で触れられるなんて。

「嫌なのか？」

「い、嫌だわ……」

「すごく気持ちいいのに？」

耳孔に呼気を吹き込まれ、背に悪寒にも似た痺れが走った。

気持ちいいという言葉に反応してしまったのだ。

（なんて浅ましい……）

唇を嚙んで、しっかりしなければと自分に喝《かつ》を入れるが、身体は意に反してときめいていた。

情交の悦びを刷り込まれた肉体は、さらなる快楽を求めている。

「で、でも、そんなところを舐められるなんて……」

「じゃあ、代わりに俺をおまえの口で気持ちよくしてくれ」

「どうやって？」

自分が散々気持ちよくしてもらっているから、楚興を愉しませられるという行為に興味がわく。

彼は見なくても猛りきっているとわかる男根を蘭花の腰にすりつけてきた。

「これを」

「く、口に入れるの？」

反り返った肉棒の形を思いだして愕然とする。

血管が浮いた赤黒い色と猛々しく尖った亀頭は、口に含むのをためらうような色と形だった。

「汚らわしい？」

「ち、違うわ」

どちらかといえば、剣を喉元に突きつけられて怯む気持ちに似ている。

「無理ならやめよう」

「い、いいえ、するわ」

ためらいを振り切って、はっきり告げる。

（わたしも楚興を愉しませなくては）

振り返ってこぶしを握ってみせると、楚興が噴き出した。

「ひ、ひどいわ、笑うなんて」

「すまん……じゃあ、横になってもらうか」

楚興に背を預ける姿勢で座っていたが、仰向けに寝かしつけられる。

彼は蘭花の身体の脇に膝をついて、覆いかぶさってきた。

頭は蘭花の下半身側を向いているから、猛った男根がちょうど口のあたりに位置している。

「……膝を曲げて」

指示どおりに膝を曲げると、彼は脚を大きく開かせてきた。

「あっ……」

脚のつけねはきっと彼の目に余すところなくさらされているだろう。恥ずかしさに震えていると、濡れたものがぱっくり開いた谷間を滑っていく。

「ひっ……ひあっ……」

視界の端に楚興が蘭花のまたの間に顔をうずめているのが見えた。

(な、舐めているんだわ……)

彼の舌が何度も蘭花の秘処を舐めだす。

肉厚の湿った舌が蜜口を往復すると、背徳的な快感に背をそらした。

他人に見せてはならない場所を舌でくすぐられている。

「ああっ……あああ……や……」

時折、蜜口にくちづけをされ、さらにはじゅるじゅると愛液を吸われて、身体が大きく震えた。

「ああ……ああん……ああ……んあ……」

気持ちよくてたまらない。

ぼやけた目に映る楚興自身がたまらなく愛おしくなって、蘭花は口の中に吸い込んだ。

男根は大きすぎて、半分も口に入らない。

どうすれば悦ばせられるかわからないから、蘭花はつたなく舌をからめ、唇でしごいてみる。

「なかなかうまいぞ、蘭花。先の裏を舐めてみろ」

見えるかわからないが、蘭花は小さく顎を引いて、楚興の亀頭の裏を舌でくすぐる。

雁首を舐め回すと、楚興の腰がかすかに揺れた。どうやら気持ちいいらしい。

「うまいな、蘭花。その舌づかいはいつ覚えたんだ？」

「う……ううん……」

蘭花は首を左右に振る。

こんな淫らな振る舞いをするのは、今日が初めてだ。

(男の人のモノを口にくわえるなんて……)

しかも、舌で舐め続けるなんて、想像すらしたこともない。

だが、楚興が悦んでくれるなら、奉仕したかった。

舌で鈴口をくすぐり、雁首を舐め、全体を吸いあげる。

懸命に愛撫していると、楚興がお返しのように舌を激しく動かす。

「ん……んふ……んう……ううー……」

舌で秘部を舐め尽くされ、とうとう淫玉にまで及ぶ。

一度達して、ぷっくりと尖った花芽を舌でつつかれ、たまらず顎をそらした。

「ううー……んん……んうー……」

鋭敏な神経の粒を舌がくすぐる。

濡れた舌が淫らな肉粒を舐め回すと、全身が総毛立つような快感に襲われた。

男根に集中できず、とうとう口から放してしまう。

「はぁ……はあん……だめ……だめ……」

「中からどんどん蜜があふれてるぞ。そんなに気持ちいいのか？」

「や……やら……そんな……」

楚興は淫玉を舌でこねまわしながら、指を秘唇の狭間に挿入してくる。

愛液のあふれる肉壺はなんの抵抗もなく、楚興の指を受け入れた。

官能を高めるようにゆっくりと指を浮き沈みさせながら、尖りきった花芽を舐め尽くされるのは、たまらなく気持ちがよかった。

蘭花は全身を震わせながら、楚興の淫戯に溺れる。

「指……だめ……」

「だめじゃなくて、もっとだろう？」

楚興が笑いながら、舌をひらめかせる。淫玉が痺れて、膣の奥がずっしりと重くなった。

「あ……だめ……また……おかしく……」

膣襞が痙攣して、熱い蜜がまたあふれた。

胎内から制御しようもない忘我の火が噴き出す。

びくびくと痙攣しながら、絶頂に至った。

「あ……ああ……ひあ……ああー……！」

腰を淫らに跳ねさせて、頂点に至る。あまりの快感の深さに、涙がこぼれた。

「や……ああ……ああ……」

脱力していると、楚興が身体の向きを変えて蘭花を正面から抱きしめてきた。

腕を背に回され、胸を押しつぶされるように抱かれて、彼の力強さにうっとりする。

「楚興……」

「おまえは素直だな。本当に可愛い」

妙な称賛に面映ゆくなる。

「楚興、どうしたの？」

「……俺はおまえを誰にも渡したくない」

きつく抱かれて、蘭花の身体が強ばる。

(それは、宋王に渡したくないということなの？)

しかし、楚興は蘭花の結婚準備を整えてくれていたのだ。

宋王に渡す用意をしながら、実際は蘭花への思慕を募らせていたのだろうか。

(だから、わたしが記憶喪失だと言ったら、夫だと名乗ったの？)

蘭花を失いたくないがために、嘘をついたというのだろうか。

だったら、蘭花の気持ちも同じだ。

楚興とひと時でも長く一緒にいたいから、嘘をついている。

「……楚興……」

胸が詰まって彼を抱きしめ返そうとし、彼の身体についた傷痕に改めて意識が向く。

多数の傷痕は歴戦の証だ。

（……この傷のおかげで、楚興は将軍に昇りつめた）

しかし、このまま蘭花を奪って逃げたら、楚興は今の地位を失う。父は楚興を反逆者とみなすだろう。

もしも、蘭花と逃げたら、この傷はただの無駄に終わるのだ。

どころか、父と宋王から命を狙われるかもしれない。

（わたしのために……）

そんな目に遭わせたくない。

だとしたら、蘭花は少しでも早く記憶を戻さねばならない。

（そして、宋王に嫁ぐの？）

愛してもいない男に抱かれなくてはいけないのか。

現実に想いを馳せると、たぎっていた身体の芯が冷えて固まってしまいそうだ。

「蘭花、俺を受け入れてくれないか？」

そっと伸ばされた手が下肢に届く。

脚のつけねを手で覆われて、蘭花の鼓動がまたもや速くなる。

「楚興……」

「嫌か？」

「……いいえ、欲しいわ。あなたが欲しい」

彼の瞳をじっと見つめて訴える。

快楽への欲望に身をまかせてしまうのは、現実から逃げるためだ。

まちがった選択だとしても、今は彼の腕に抱かれて悦びを感じたかった。

「じゃあ、今日はおまえが挿れるんだ」

楚興は身を起こすとあぐらをかく。

蘭花も身体を起こした。彼の男根は隆々と天を向き、亀頭は槍の穂先のように尖っている。

操られるように彼にまたがり、狭間の中心を鈴口に押し当てる。

「先っぽは俺が挿れてやるよ」

楚興は蘭花の腰を抱くと、下品な物言いで恥辱を煽る。

言葉どおり先端をもぐらされ、腰がびくんと揺れた。

「ああっ……」

「あとは自分でやってみろ」

楚興に挑発され、蘭花はおずおずと腰を沈める。

雁首まで挿れてしまえば、繋がりは深まっていくばかりだ。

「あっ……ああ……あああん……ああ……」

肉棒が閉ざされた蜜襞を引き裂いていく。

粘膜が押し広げられる快感に、蘭花は背をそらした。

「ああ……ああ……お、大きい……」

猛りきった男根が深々と侵入してくる。

犯される悦びに蜜壺は浅ましいほど感じだし、襞が奥に導くようにうねった。

「蘭花、感じすぎじゃないか？　締めつけがすごいぞ」

「あ……いや……だ、だって……」

そんなところは制御できない。

楚興の侵略に、肉壺が勝手に昂奮しているのだ。最奥に先端がこつりと届いて、彼が満足の息を吐く。

「ああ、おまえの中はたまらないほどいいな」

「いや、言わないで……」

「小さな口で俺をくわえこんで……なんていやらしいんだろうな」

楚興は限界まで開いた蜜口を指でなぞる。眼裏に快感の火花が弾けて、蘭花は跳ねかけた。

「ひ……そんな……したら……」

「ここをさわると、もっといやらしくなるぞ」

彼が花芽をくすぐった。

彼をくわえながら快感の粒をいじられると、格段に強い快感に襲われる。

「ああっ……だめ……やめてぇ……！」

びりびりと痺れるような悦楽の波が膣襞を収縮させる。

蜜壺が楚興の雄身を締めつけると、さらなる快感が生まれてしまった。

「ああう……いや……やぁ……！」

楚興の上で身悶えていると、彼が腰を打ちつけてきた。

パンパンと肉と肉がぶつかる淫乱極まりない音が響き渡る。

感じやすくなっている蜜襞をこすられて、たまらずあえいだ。

「や……ああ……いや……楚興……」

「本当にいやらしい身体だな。中がぎゅうぎゅうと締まって……」

「は……いや……そんな……言っちゃ……」

彼が肉棒を抜き差しするたびに、蜜口から愛液がかきだされる。

彼自身の根元を覆う剛毛まで蜜がたれ、びちょびちょに濡れそぼった。

「はぁ……はあ……ああ……ああん……」

硬く尖った亀頭が蘭花の柔襞のあちこちを刺激する。角度を変えつつ感じるところを突き、こすりあげてくる。

（き、気持ちいい……）

蜜をたたえた粘膜が楚興に蹂躙されて、悦びの悲鳴をあげる。

胸を突きだし、浅ましく腰を振っていると、楚興が右の乳首に薄い唇を近づけた。

ぱくりとくわえられ、出もしない乳を吸いだすようにされて、快感が胎の奥にまで轟く。

「はぁ……はぁあ……あああ……！」

精神が焼ききれるほどの悦楽に、口の端から唾液をこぼしながら、蘭花は夢中で腰を振っていた。

楚興が応えるように奥を立て続けに突く。

「はぁ……だめ……だめぇ……！」

無防備な膣の最奥を尖りきった亀頭で攻撃され、理性の壁は崩れ去った。

忘我の白い雷が恥骨から頭頂に抜けていく。

腰が蜜にとろけて、膣が輪郭を失う。

絶頂の強さと深さに蘭花が溺れていると、楚興が悠々と肉身を出し入れした。

一番深く挿入した瞬間に、雄が弾けた。

熱いしぶきが最奥に撒かれ、恐ろしさと同時に満足感を覚える。

「……早く俺の子を孕《はら》ませたいよ」

男根を収めたまま下腹を撫でられ、切ない想いに囚われる。

(わたしも楚興と一緒になりたい)

彼の妻になり、子を産むのは夢だった。

子種をたっぷりと吐かれているというのに、蘭花の脳裏にその夢は非現実的に映る。

(……わたしはどうしたら……)

涙がこぼれそうになる。

蘭花はそれを隠すように、彼の背に腕を回すと、肩に額を押しつけて顔を見られないようにした。


翌日、楚興は人に逢うと言って、朝から宿を出て行った。

ひとり残された蘭花はまったく落ち着かず、主人の奥方を手伝って、縫いものをする。

四十くらいの奥方は頰の両脇に深い皺が刻まれているが、瞳が明るく輝いているため、年齢よりも若く見える。

布に針を通す段階になっても、奥方は申し訳なさそうに確認してきた。

「本当にいいんですか？」

「いいんです。むしろ、やらせてください」

奥方と一緒に卓にかける卓布《たくふ》を縫っていると、針を進ませる合間に質問を浴びる。

「お嬢さんはいつ出発なさるんですか？」

「え？」

針が滑って布を押さえていた左指に刺さる。浅かったのが幸いだった。

「だ、大丈夫ですか？」

「大丈夫です。その、出発は……いつにしようかしら」

苦しげに微笑む。

先のことは何も話し合っていない。正確に言えば、訊くのが怖かった。

「いえね、明州との道が復旧するのをお待ちなのかと思っていたんですけど」

「ええ、困ったものね、明州との間の道が土砂の下にあるのは」

「こちらのほうから人手を出して除去をしてますけどね。浪青は明州の監督下にあるでしょう？　だから、明州がやるのが筋だって言う人もいて……誰がやったって同じだと思うんですけどねぇ」

奥方の愚痴を聞いていると、後宮の日々を思いだした。

蘭花はいつも妃嬪の愚痴を聞く係だった。利害を争う立場にないので、蘭花には話しやすかったようだ。

「土砂の撤去には時間がかかりそうですからね、お嬢さんの出発に悪影響じゃないかと」

気遣わしげにされて、蘭花は軽くうつむいた。

(本当は今すぐにでも出発しなければいけないわ)

行き先はもちろん宋王の領土だ。宋王は蘭花の到着の遅さに不満を抱いているという。

(わたしのことなんて、どうでもよさそうなのに……)

蘭花に執着する理由は、皇帝の婿という立場を手に入れたいからだろうか。

それ以外に結婚によって彼が得られるものは、蘭花の持参金という名目で増やされる彼の領土と中央に納める税の減免措置だ。

どちらも失うには惜しいと思っているのだろうか。

「お嬢さん？」

顔を覗かれて物思いにふけっていたことに気づいた。

蘭花はとっさに明るい表情を取り繕う。

「出発に関しては、あの人と話し合います」

「そうね、ご主人も何かお考えがあるでしょうし……。それにしても、立派な風采《ふうさい》のお方で、うらやましいですよ」

「そ、そうですか？」

声がうわずる。奥方はにっこりと笑ってうなずいた。

「ええ、本当にうらやましい。凛々しいお姿で、つい見とれちゃいますよ」

褒められるのがうれしくて、蘭花は素直にうなずいた。

「奥さまから褒めていただいたと楚興にも伝えます」

「あらあら、よしてくださいな。顔を合わせたときに気まずいですから」

奥方が笑いながら手を振る。

すべてをおもしろがる若々しい笑顔だ。

蘭花も笑い、針を動かしだすと、宿の主人があらわれた。

「おおい、三娘《さんじょう》を知らないか？」

「三娘だったら、お嬢さんに頼まれて買い物に行ったんですよね？」

奥方に問われて、蘭花はぎくりと肩を強ばらせた。

三娘はこの宿に奉公に来ているおさげの娘だ。蘭花が字を教えてやっている娘は、実は仕事を抜けだして家に帰っているのである。

『お母さんが熱をだしてるの』

心配そうにしていたから、様子を見に帰らせたのだ。蘭花が買い物を頼んだのは、宿を抜けだす言い訳だった。

「買い物のわりに遅いわねぇ」

「わたしがたくさん頼んだからだわ。迎えに行こうかしら」

蘭花は卓に布を置き、針を針山に刺してから、立ち上がった。

「お嬢さん、かまいませんよ」

「いいえ。三娘は小さい子なのに、仕事をたくさん頼んでしまったんです。わたしが行くべきでしたわ」

蘭花は微笑みを浮かべつつ、両人を見比べた。

「少々、お待ちください。わたしが迎えに行きます」

反論を抑えるように、ふたりをしっかりと見てから、蘭花は宿を出る。

小走りになると三娘の家に向かった。

(確か、この間の布屋の近くだと言っていたはず)

大路の両脇には露店が出ている。

焼き魚の匂い、大鍋からあがる湯気、そしてたくさんのおしゃべりの声。様々な香りと音が混ざる大路は、活気に満ちている。

蘭花は大急ぎで布屋の裏手にある長屋に足を踏み入れる。

端から三件目の家の扉を叩くと、小さな返事があった。おずおずと中に入ると、玄関の脇にすぐ台所がある土間だった。細身の女が奥の部屋から顔を出す。

「どなた?」

怪訝そうにされて、蘭花は手早く説明した。女はとたんに申し訳なさそうな顔をして、説明をしてくれる。

「三娘なら、洗濯をしに近くの河に行ったんです」

「わかりました、ありがとう」

洗濯を手伝って一緒に帰ろうと考えながら脇目もふらず歩いていると、背後から腕を摑まれた。

振り返ってぎょっとする。法義成だった。

危うく出そうな悲鳴をこらえていると、義成がその場にひざまずいた。

「あ、あの……」

「公主さま。どうかお願いです。わたしと一緒に宋王殿下のもとに行ってください」

蘭花は絶句して立ちすくむ。

義成は地面に額を打ってから、言い募った。

「公主さまにご同行いただかなければ、死を覚悟するしかありません」

「……何をおっしゃって……」

喉がふさがれたように苦しい。

義成は今回の結婚話をまとめる責任者だった。

蘭花を連れ帰らなければ罰せられたりするのかもしれない。

「楚興どのでは話にならない。公主さま、どうか……どうか、一緒に宋王さまのもとに……」

「わ、わたしは知りません！」

蘭花は叫んでいた。

罪悪感で身がよじれそうだが、記憶を失っていると説明している以上、おかしな反応はできなかった。

「公主さま……！」

「も、もう、わたしに変なことをおっしゃるのはやめてください」

義成に背を向けて、蘭花は駆けだす。

河のあるほうに向かったのは、三娘を連れて帰るという責任があったからだ。

しばらく走って振り返ると、義成が追いかけて来た。

蘭花はぎょっとして、さらに走り続けた。

浪青は河のそばに広がる城市だ。ほどなくして、ゆるやかな河の流れが見えてきた。対岸にいる人が指の大きさに見える河には、手すりのない橋がかかっていた。

河向こうでは洗濯をしている人々の姿があった。

(三娘がいるかもしれないわ)

逃げに逃げ続けて橋を渡りかけたときだった。

二の腕を摑まれて、またもや振り返る羽目になる。

「公主さま、どうかわたしと一緒に——」

「だ、だから、わたしは……」

「公主さまが宋王殿下のもとに行かれなかったら、死人が出ますぞ！」

義成の一言に殴られたような衝撃を受ける。

（わたしが行かないと死人が出る……）

逃げられないのだと切実に思った。

どうあがいても現実からは逃れられない。

とっくにわかっていたのだ。

蘭花の現実はただひとつ。楚興への愛を棄て、宋王に嫁ぐことだ。

「わたしは……」

「義成どの！」

橋のたもとに楚興がいた。

彼は憤怒《ふんぬ》の形相でふたりを見ている。

義成がちらりと振り返ったあと、すぐに蘭花に顔を戻した。

「公主さま。あなたは我らの努力を無駄にする気なのか!?」

義成の怒りをまともに浴びせられる。もはや耐えられなかった。

「放して！」

叫ぶと同時に両腕を振り回す。

怯んだのか、義成はあっさりと腕を放した。

しかし、それがよくなかった。

勢いあまった身体が宙に放り投げられる。

蘭花を受け止めたのは、未だ冷たい河の水だった。

❀　❀　❀

蘭花が落ちたとほぼ同時に、楚興は河に飛び込んだ。

水深は思ったよりも深く、足が河底につかない。

（早く助けなければ）

何度も抱いた蘭花の身体は柳のように華奢で、抱きしめるたびに壊れるのではと案じるほどだった。

（この流れには耐えられないはずだ）

水底の石が転がるほど水流には勢いがある。

楚興は水をかくと、押し流されるばかりの蘭花に背後から近づく。

胸に腕を回して力いっぱい引き上げる。

水面に同時に顔を出すと、蘭花がゆるゆると振り返った。

「そ、楚興……」

「しゃべるな！」

きつい口調になったのは、胸の内に渦巻く怒りのせいだ。

本来、それをぶつけるとしたら、法義成であるべきだった。

それなのに、ほとんど八つ当たりのように叱ったのは、彼女に対する苛立ちがあるからだ。

(蘭花はやさしすぎるんだ)

義成のことなど無視すればいいのに、下手に相手をしたに違いない。

宋王の結婚に関して、義成は並々ならぬ情熱で支度をしているから、計画が頓挫《とんざ》しそうなことにあせっているのだ。

(いつもそうだ、いつも……！)

蘭花は自分のことを後回しにしてばかりだ。

時には意思がない人形のように見えるほどだった。

右腕で蘭花の胸を抱き、左腕で水をかいて岸へと向かう。

浮力のせいもあるのか、彼女の重みをほとんど感じない。

(まるで天女だな)

蘭花が話していたくだらない劇を楚興は今まさに体現している。

河に落ちた天女を助ける青年は、あらすじから受けるひ弱な印象とは異なり、意外と力があったのだろう。

足がつくようになって、ようやく安堵の息をつく。

蘭花も足がつくようになると自分で体重を支え始めた。

彼女の手を引いて無言で岸にあがる。

砂と石が混じった河辺にふたりで立つと、楚興は蘭花の肩を抱き全身を見回した。

けがをしていないか心配だったのだ。

「大丈夫か？　けがはないか？」

問いかけると、蘭花がぼんやりと見つめてくる。

黒真珠のように艶やかな両の瞳、指どおりのよい絹糸の髪。

怒りが消え、愛おしさが胸に迫る。

天女のように美しい女を自分のものにするのは、楚興の夢だった。

（そうだ、俺はおまえをいつか妻にすると思って――）

楚興に対する好意を常にあらわにする両目から、水晶のように透明な涙があふれる。

頭をかすかに垂れた姿は、しなやかな柳の精を思わせた。

「蘭花？」

彼女は何もしゃべらない。

頭を押さえて、涙をこぼし続ける彼女の肩を抱く。

「どうしたんだ、蘭花」

「……わ、わたし、どうしていたのかしら」

楚興は片眉を跳ね上げた。

蘭花の一言に、不吉な予感がする。

「わたし、宋王の領地に行く途中だったわよね。ここはどこかしら?」

小首を傾げる彼女は、はかない笑みを浮かべている。

楚興は自分の頬が強ばっていることを自覚せずにはいられなかった。

(まさか、棄てるのか?)

楚興の妻であったひと時を、なかったことにするつもりなのだろうか。

「何を言って……」

「わたし、泥に流された記憶はあるのだけれど、そこから何も覚えてないの。ここはどこなの?」

まぶしげに楚興を見つめる目には、悲しみとあきらめがあった。

運命に逆らうことをやめた絶望があった。

(なぜなんだ)

楚興はこの旅の間、ずっと彼女が踏み出すのを待っていた。

『わたしを連れて逃げて』

そう言ったなら、すべてを棄てて逃げただろう。

出世の道をひた走ったのは、手段でしかない。

蘭花を手に入れるために、自らの地位を築いたのだ。

しかし、天祥が彼女を楚興に賜ることはついになかった。

常に鼻先に餌のようにぶらさげておきながら、宋王に与えると言った。

内心で渦巻く怒りは、天祥の瞳にほのかに宿る不穏な輝きによって鎮まった。

『なあ、楚興。蘭花を宋王の領地まで送るのはおめぇだ。よろしく頼むわ』

天祥の言葉にはあらゆる含みがあり、楚興はそれを完璧に見抜いた。

だから、着々と用意を進めた。

しかし、旅の途中で彼女が逃げようと言ったなら、すべての計画を棄ててもいいと思っていたのだ。

(それなのに、蘭花は違う方法を選んだんだ)

彼女は記憶を失ったフリをした。

おそらくは時間稼ぎだ。すぐに嫁入りせずに済むように——楚興と一緒にいる時間を増やそうとした逃げの一手に過ぎない。

楚興が夫だと告げたのは、彼女を混乱のうちに籠絡するためだ。

すぐさま淫らな行為に及んだのは、記憶喪失を続けさせるためだった。

夫だと言い張り、肉体関係を結べば、蘭花は記憶を取り戻したとすぐには言いづらくなる。

実際、楚興の予想どおりに蘭花は動いた。

おとなしく妻のフリをして、快楽に溺れた。

（そうだ、おまえも俺を失いたくないと思っていたはずだ）

ずっと前から蘭花の心が自分に傾いていることなど知っていた。

一心に楚興を見る目には、ひたむきな愛情が宿っていた。

彼女の身体を抱いて、それは確信に変わった。

楚興の下で、あるいは上で身悶える蘭花は歓喜に満ちていた。

蘭花は楚興のものになりたがっていたのだ。

そんなことはわかりきっていたが、それでもなお彼女の純潔を奪ったのは、彼女にも思い知らせるためだ。

自分とは別れられないのだと心にも身体にも刻みたかった。

「楚興、ここはどこ？　わたし、旅を続けないといけないのに」

蘭花の言葉が茶番は終わりだと告げている。

彼女は記憶を失ったフリをやめた。

時間を巻き戻し、宋王のもとに嫁す道を選んだ。

（なぜなんだ）

自分といて幸せだったはずだ。

楚興と生きる道を選びたいと考えたはずだ。

それなのに、蘭花は偽の夫婦でいることをあきらめたのだ。

本来の――公主としての未来を正しく選択しようとしている。

怒りのあまりこぶしを握る。だが、蘭花の悲しげな瞳を見て、楚興は冷静さを取り戻した。

（まだ終わったわけじゃない）

蘭花は必ず取り戻す。

彼女が本来の道を選ぶというなら、自分もまた当初の計画を遂行するだけだ。

平静を装うと、恬淡《てんたん》と告げる。

「ここは浪青ですよ、公主さま。ここには数日滞在しているのです」

「そう」

「記憶が戻ってよかった。これで旅を始められます」

蘭花の顔がくしゃりと歪む。新たな涙がこぼれるのを見つめながら、心の奥にぽっかりと空いた闇を感じた。その闇に彼女の宝玉のような涙が落ちていく。

（思い知るといい）

一度幸福を知れば、絶望はさらに深くなる。その絶望を味わえばいいのだ。

味わい尽くせば、やはり楚興とは別れられないのだと身に染みるはずだ。

心配をかけまいとしてか、彼女は弱々しく微笑む。

「楚興。迷惑をかけて、ごめんなさいね」

「迷惑などかけられていませんよ。俺は――」

蘭花の頬を手で覆ってやる。やわらかな頬だ。杏花《きょうか》のように白い肌が、抱かれているときは薄紅色に染まるのだと夫にならずして知っている。

蘭花は彼の手に自分の手を重ねて、頬に強く押し当てた。

「ありがとう。いつも助けてもらってばかりね」

自分を犠牲にする気なのだろう。

己が不幸になれば、みなが幸福になるのだと勘違いしているのだ。

(後悔するぞ)

蘭花はいずれ悟るだろう。自分の選択がまちがいだったということに。

求める結果を手に入れるために、あらゆる策を尽くす。たとえ、その策が他人の非難を浴びる類のものでも一向にかまわない。

蘭花は楚興の暗部など知りもしないだろう。

それを今、教えてやる気などさらさらなかった。

ほどなくすれば、身をもって知るのだから。

「公主さまを助けるのは、俺の喜びです」

白々しいほど誠実に聞こえる声音にほくそ笑む。

「どこまでもお供します」

楚興の誓いに蘭花はうなずくと、瞼を閉じた。繭玉《まゆだま》のような瞼は涙を懸命に隠している。

(俺への愛を封じようとしているんだろう?)

そのいじらしさが愛おしい。

彼女の苦しみがよくわかる。だが、今は助ける気はない。

(……おまえのことは絶対に取り戻す)

楚興は唇をほころばせた。

彼女を永遠に縛りつけていいのは自分だけだ。

そのためなら、天命さえ変えるつもりだった。

五章　炎が導く未来

蘭花が記憶を取り戻したあとの楚興の動きは素早かった。

まずは義成に先触れの役目を頼み、一足早く宋王のもとへ帰らせた。

兵は近隣の城市に待機していたらしく、楚興が連絡をするとすぐに参集《さんしゅう》する。

けがをした兵もいたがごくわずかで、彼らの大半は無傷だった。

荷も無事だったが、蘭花の愁眉《しゅうび》は解けなかった。小霞は集合できなかったのだ。

「小霞どのはまだ動かないほうがいいと医生《いしゃ》から言われた」

楚興に説明されたら、うなずくしかなかった。

顔を見て無事を確認したかったが、急いで宋王の領地まで行く必要があると言われれば、小霞との再会はあきらめるしかない。

あとで合流するという言葉を信じ、さらに南へと隊列は進む。

宋王の領土は肥沃な土地として有名だった。

それを証明するように南に向かうにつれ、山々の緑が濃くなる。田には一足早く植えられた稲が風に葉を揺らしていた。

のどかな風景は、宋王の領地に近づくにつれ趣《おもむき》が変わる。

武装した兵が通ったり、荷をかついだ商人が急いでいたり、行き交う人が多くなってきた。

蘭花は馬車の窓を開けて、隣で馬を進める楚興に質問する。

「楚興、あの商人らしい人たちは宋王の領地に行くの？」

「祝いの場は、財布がゆるみやすいものですよ」

「商売をしたら、儲かるってことね」

蘭花は納得してうなずいたものの、妙な圧力を感じていた。

もしも、結婚がうまくいかなかったらどうしようという心配だ。

(商売をする人にとっては、わたしが宋王をどう思っているかなんて、関係ないわよね)

それは当然なのだが、いくらかは戸惑ってしまう。

民にとって、蘭花の結婚は祭りと同程度のものなのだ。

ともあれ十日以上をかけて、ようやく宋王の領地に到着する。

都につくと、城門で検問を受けた。

「なぜ検問などされるの？」

楚興にたずねると、彼が薄く笑って答えた。

「武器の携行を禁止しているためだそうです」

兵たちはおとなしく検査を受けている。一部の兵が握っていた棍《こん》はここで預けることになる。

振り返ると、後続の商人たちも検査をされていた。検査は徹底されているらしい。

城門をくぐると、中心を貫く大路を進む。

大路の先、北端には宋王の宮殿がある。

そこまで花嫁行列を披露するとは、楚興に聞かされていたことだ。祭りの山車とほぼ同じ扱いなのだろう。

蘭花は細く開けた窓から通りの両側で出迎える人々を眺める。

それほど上等な服を着ていないから、ごく一般の民なのだろう。

指を差しては何事かを話し合っている。

なんだか珍獣のような扱いだ。

(仕方ないわ)

蘭花は公主だが、市井で暮らしていた。だから、民が皇帝の娘はどんな顔をしているのか気になるのもよくわかる。

そして、その興味が長持ちしないであろうこともよく理解していた。

蘭花は複雑な気分で民を見送っていたが、横に並んだ楚興が冷淡に告げてくる。

「窓を閉めますよ」

ピシャリと閉められて、馬車の中はたったひとりの空間になる。

重い息をついた。

(楚興、怒っているのかしら……)

むろん、怒られても仕方がない。彼は蘭花に振り回されたあげく、裏切られたのだ。

勝手に記憶を失い、また勝手に記憶を取り戻した。

(楚興はわたしを結婚させたくないのかしら……)

そうだとしたら、とてもうれしいけれど、同時にとてつもない負い目に責められた。

もしかしたら、心の伴わぬ結婚から助けようとしてくれたのかもしれないのに、蘭花は彼の手を振り払ったも同然だからだ。

(でも、しばらくしたら、楚興だってこれでよかったのだと思うわ)

蘭花を無事に宋王のもとに送り届けたら、天祥から褒美をもらえるかもしれない。

さらに地位があがりでもすれば、手間と時間をかけた甲斐があったと思えるのではないか。

(……正しい選択をしたはずよ)

宋王と結婚すれば、苦しむのは蘭花ひとりで済む。関係のない多くの人々の災難になるくらいなら、自分が犠牲になったほうがいい。

蘭花は胸に手を当てた。

（わたしは途中でまちがったけれど、最終的には正しい道を選んだんだわ）

そう言い聞かせていると、車輪の回転がゆっくりになった。

間もなく宮殿につくらしい。

座席で身を起こすと、背を伸ばした。

蘭花は公主なのだ。軽んじられるような失態をしないようにしなくては。

再度、自分の身なりを確かめる。

淡黄色の上衣と裙には瑞雲と鳳凰が織り込まれ、山吹色の褂子《ガウン》には菱《ヒシ》の文様が織られている。

髪に飾っているのは金の釵だ。いつもの癖で髪に触れ、楚興にもらった銀釵でないことに胸を痛める。

（楚興の思い出がなくなってしまった……）

つらいときの頼りにしようと思っていたのに、土砂とともに流されてしまったのだろう。

これから何を励みにしていいのかと考えると、途方に暮れる。

何かお守りが必要だと考えていたら、馬車が止まった。扉が開かれる。

楚興がうやうやしく頭を垂れているから、おそらく宋王がいるのだと直感した。

急に緊張が増して、落ち着かなくなってしまう。軽く呼吸を整えてから、楚興の手に自分の手を重ねて馬車から降りた。

獅子が彫られた塼《れんが》を敷き詰めた地面には、真紅の毛氈《もうせん》が敷かれている。

両脇には頭を垂れた男たちが並んでいた。

絹の袍をまとい、幞頭《ぼくとう》をかぶっているから、おそらく重臣なのだろう。

毛氈の奥には、紫の袍衣を着た男が立っている。うなじでまとめた髪を胸に流した男は、唾でも吐きそうなやる気のない顔をして立っていた。

公主を出迎えるとは思えない無礼な態度に、足がすくんだ。

(宋王・劉元芳だわ……)

痺れる膝を無理やり動かして、毛氈の上を歩く。雲の上を歩いているように足取りが覚束ないのは、彼に対して恐怖心があるからだ。

抜き身の刃を頭上にかかげられ、命の危機を覚えた恐怖が甦る。

力の抜けそうな足裏に意識を集中して、高貴な女人らしくゆっくりと歩く。

彼の前に立つと、目を合わせることなく膝を軽く曲げて礼をしようとしたが、果たせなかった。

顎を摑まれて、無理に立たされる。

「ずいぶん遅かったな、花嫁どの」

耳を引っかくような不快な声音に、蘭花は眉を寄せる。

ネズミをいたぶる猫のような表情をして、元芳は続けた。

「逃げだしたかと思ったぞ」

「……逃げたりいたしません」

「そうか？　剣をちらつかせただけで、おびえて青ざめる、つまらん女に見えたが」

「剣を見せられたら誰でもそんな反応になるかと思います」

蘭花が反論すると、顎を摑んでいる元芳の手に力がこもる。

骨を砕かんばかりに指を食い込まされて、眉をきつくひそめた。

「生意気な女だ。どんなに高貴なフリをしていても、血の卑しさは争えない」

ささやかれた言葉には憎悪がにじんでいる。黒い瞳は、底知れぬ闇のようだった。

「畏れながら宋王さま。蘭花さまは公主さまです」

離れた場所でたしなめたのは、楚興だった。そちらにちらりと視線をやる元芳にすくみあがる。殺意のあらわれた目に、蘭花は彼の注意を引きつけようとした。

「わ、わたしへの無礼は皇帝陛下への無礼と同じ……」

楚興を守らねばと発した一言だったが、聞いた元芳の眉がつりあがった。憤怒をはっきりと示されて、対応の過ちに気づいたが遅かった。

「なるほど、まったくそうだ。しかし、紅夏国には夫唱婦随《ふしょうふずい》の道徳があるだろう。もののわからぬ公主どのに道理を教えてやろう」

顎を掴んでいた手は右の手首に移動する。

元芳は無理やり蘭花を引きずって歩きだした。

手首を折れそうな力で掴まれている上、猛然と歩かされ、蘭花は何度もつまずきそうになった。

「は、放してください！」

「愚妻を教育するのは夫の役目だ。公主だと？　成り上がりの娘にはもったいない身分だな」

宮殿を突き進む彼を止める者は誰もいない。

ちらりと振り返ると、追いかけようとした楚輿は宋王の護衛兵に止められている。

廊下ですれ違う者たちは、みな顔を伏せ、見て見ぬフリをした。

蘭花は青ざめた。足を止めたら倒れるに違いないが、元芳は容赦なく荷駄のように引きずるだけだろう。どこに行くかわからないが、転ばないようにしているだけで精一杯だ。

宮殿の角をいくつも曲がり、どう歩いたかわからないころになって、目的地についた。

とある房室《へや》に入ると、一番奥に連れ込まれる。

そこは真紅の閨だった。天蓋に吊された紗幕《しゃまく》、寝台に敷かれた敷布や新枕、すべてが真紅に染まっている。

紅は婚礼を祝う色だ。だが、今の蘭花には身体を切り刻まれてあふれた血の色にしか見えない。

容赦なく寝台に放られると、仰向けに倒れてしまう。無抵抗になった瞬間、元芳にのしかかられた。

喉を右手で軽く絞められて、寝台に押しつけられる。

「く、苦し……」

「下賤の生まれのくせに、公主さまか。天地の道理が乱れると、おまえのように身の程知らずな女が生まれる」

「わ、わたしは……」

「夫に従うのは紅夏の女のつとめだ。遅れた詫びに、春をひさいでみせろ」

元芳は容赦なく衿を広げた。布の破れるような音に、蘭花は目を見開いた。

（……婚礼前に辱めようとしているんだわ）

信じがたい暴挙だった。まともな男だったら、こんなことはしない。元芳は王だというのに、中身は無頼漢と変わらない、いや、よりひどいと言えた。

「や、やめて……」

「おまえの噂を知っているぞ。あの白楚輿とかいう将軍にたびたび色目を使っているそうだな。卑しい女にふさわしい愚行だ」

頭を鈍器で殴られたような衝撃だった。そんな噂が流れていると知らなかったが、相手が楚興だと名指しされたのには、大きな危機感を覚えた。

「おまえが処女かどうか確かめてやろう。俺は、使い古しは要らん。まして、どんな生まれかわからん男と寝た女などな」

右手で首を絞めたまま、左手で衿を大きく広げる。乳房を力まかせに摑まれて、もはや耐えられなかった。

蘭花は釵を素早く抜くと、尖った先端を自らの喉に突きつけた。

「それ以上、無体な真似をすると、命を絶ちます」

決死の覚悟で元芳をにらむ。

彼は冴え冴えと冷たい目をしてから、鼻で笑った。

「死にたければ死ぬがいい」

「皇帝陛下を敵に回すおつもりですか？」

蘭花の脅しを聞いた元芳の頬がひくひくと引きつる。

「たいした度胸だ」

「わたしは紅夏国が平穏であるように嫁がされた身。害そうとなさるなら、損をするのはあなたです」

心にもないことなのに、すらすらと口から流れでる。

「平穏？」

元芳は小馬鹿にしたように言うと、蘭花の手をひねり、易々と釵を奪った。宝石を埋めた釵をゴミのように投げ捨てると、またもや蘭花の喉を絞める。

「く、苦し……」

「胸くその悪い女だ。さすがに紅家の女だけある」

喉仏を押しつぶすように絞められて、息ができなくなった。

このままでは窒息してしまうと手足を闇雲にばたつかせた。

「抵抗する姿も下品だな」

蘭花の喉を絞めながら、楽しげに笑っている。

意識を失いかけた瞬間、元芳がぱっと手を放した。気道が一気に開かれて、蘭花は息を胸に吸い込んだ。

何度も深呼吸すると、どくどくと脈打っていた心臓がようやく収まった。

「……おまえなどいつでも調教できる」

蘭花は寝台に肘《ひじ》をつくと、彼を見つめる。

「妻になれば、一生俺から離れられない。時間はたっぷりあるな。夫に逆らう愚妻を賢夫人に教育してやろう」

にやにやしながら宣言されたのは、身のすくむような恐ろしい内容だった。

身体の震えを懸命にこらえていると、元芳が袍の裾をひるがえし、荒々しく閨室の外に向かう。

出ようとしたとき、茶を盆に載せた女官と鉢合わせした。

「どけ!」

女官を乱暴に張り飛ばすと、元芳は振り返りもせずに出て行った。

蘭花はあわてて倒れた女官に駆け寄る。床に落ちて割れた茶碗が飛び散り、茶の染みが壁紙や床の絨毯に模様をつくっている。

若い女官は鼻血を出して泣きじゃくっていた。蘭花は彼女の涙や鼻血を袖のたもとから取り出した手絹《ハンカチ》で拭ってやる。

(これからどうなるのだろう)

心が鉛のように重い。

壊してもかまわないおもちゃを手に入れたような態度には、ぞっとさせられる。

元芳との夫婦生活は地獄だろう。

もっとも恐ろしいのは、その地獄がいつまで続くかわからないことだ。

(わたしが死ぬまでかしら……)

あるいは、元芳が死ぬまでだろう。

終わりのない絶望を思うと、今すぐにでも首をくくりたくなる。

(わたしが心を尽くして仕えたら、変わってくれるのかしら……)

思いつくと同時に消してしまいたくなる願望だった。

女官がはらはらと泣いている。

自分の代わりに泣いているような娘の肩を、蘭花はそっと抱いていた。


その夜、蘭花は劉家の親族に紹介された。

結婚となると、親族のほとんどが集まるものだ。

宮殿の広間は衝立でふたつに分けられていた。男女が同席しないようにという配慮である。

まずは男たちに紹介される。彼らは様々な態度をとった。

元芳と同じように軽んじる者、興味を示す者、とりたてて関心をあらわさない者――ともあれ、蘭花がぼんやりと理解したのは、彼らの誰も味方になってくれないだろうということだった。

男たちの次に紹介してもらった女たちは、いくぶんましだった。

彼女たちは蘭花を一様に哀れみのこもったまなざしで見た。

刑場に引き立てられる罪人を見るような目だ。

様々な形をした目が、同情はするが助けてはやれないと暗に語る。

元芳が男の親族と酒杯を交わし始めると、蘭花の居場所はどこにもなくなった。

女たちと一緒に静かに食事をすると、湯を浴びたあと、自室に引きこもる。

閨室で女官に髪を梳かせていると、別の女官が蘭花を呼びに来た。

隣の房室で義成が待っているという。

蘭花は驚いた。家臣が夜分に主の夫人を訪れるなど非礼もはなはだしいからだ。

(夫しか入れない閨室ではないけれど、房室だって入らないほうがいい場所だわ)

足早に隣に向かう。何か用があるに違いないから、さっさと聞いて追い返してしまわなくてはならない。

(義成さまの身の安全のためにもそうするべきだわ)

扉を開けると、義成が椅子から速やかに立ち上がり、拱手《きょうしゅ》した。顔を伏せているから表情が伺えない。

「義成さま……」

困惑を寄せた眉に示すと、彼がゆるりと顔を上げた。

「夜分遅く、申し訳ございません。婚礼の段取りについてお話ししたいことがございます」

硬い口ぶりで切り出された用事は、急遽夜に訪れた理由としてはまあ納得できるものだった。

蘭花は小さく顎を引き、承諾をあらわす。義成は変わらぬ硬い口調で話し始めた。

「ご結婚のご報告に、祖廟に赴かねばならないのはご存じでしょうか」

「ええ、知っているわ」

ごくありきたりのしきたりだ。

先祖の位牌《いはい》を並べて供養する祖廟には、礼を尽くさなければならない。

「そこにまずは公主さまが参拝いたします。劉家の親族の女たちが付き添いますので、どうぞご安心ください」

「はぁ……」

一般的には、祖廟には夫婦ふたりで参拝し、結婚の報告をするものだ。慣例にはないやり方だが、劉家のしきたりなのだろうか。

果たして蘭花の疑問を汲んだように義成が答えた。

「劉家の女たちが儀礼を説明してくれます」

「そうなのね、ありがとう」

蘭花がなるほどとうなずくと、義成は一瞬、視線を泳がせた。

何か問題があるのかと首を傾げると、義成は首を軽く振ってから、説明を続ける。

「その後、祖廟からいったんおひとりで出ていただき、宋王殿下をお出迎えしてください」

「わかりました。それからふたりでお参りするのね」

「はい」

義成の返答に納得し、蘭花はもう一度手順を頭の中で繰り返した。

まちがいがあってはならない。宋王からの攻撃の種を増やしたくない。

「公主さま、明日は何が起こっても、ただひたすら我らの命に従ってください」

「え？」

蘭花がまばたきすると、義成が硬い表情で繰り返す。

「ただひたすら従うのが御身のためです」

「……わかったわ」

戸惑いつつもうなずく。

祖廟に参るのは、劉家の一員になるという報告を兼ねている。しきたりには従わなければならないだろう。

「宋王殿下にはよけいなことをおっしゃらないように」

「……わかったわ」

「殿下は逆らう者を容赦しません」

義成が淡々と言う。

思い当たることがあり、蘭花はうなずいた。ついさっき被害に遭ったばかりだ。

「多くの者が殿下の気分を害したという理由で殺されました。わたしの息子もそうです」

蘭花は瞼を見開き、喉をごくりと鳴らした。

「なぜですか？」

「息子は財務の責任者でした。あるとき、台風の被害を受けた村の税を減免するよう殿下に上奏したのです。差し出がましいことを言うと、斬られました」

「……ひどいわ」

蘭花は口元を覆った。

義成の息子は正しい意見を述べたのに、そのせいで命を奪われたのだ。

「いたしかたありません。殿下の怒りを招いたのですから」

「でも」

「殿下は世のすべてにお腹立ちです。高貴な血を引くのに、片田舎の領地を得ているのみという現実が耐えがたいのでしょう」

「だからといって、誰彼かまわず罰していいわけはないわ」

蘭花はつい興奮して強い口調になっていた。自分の声の大きさに驚き、口を隠す。

「……ごめんなさい、義成さま」

「いいえ、公主さまのおっしゃるとおりです」

彼は視線を斜めに落とした。

そうすると、落ちくぼんだ目元やたるんだ顔の線が強調される。

(疲れていらっしゃるみたいだわ)

蘭花を無事にここに迎えるまで様々なことがあった。そのためなのだろうか。

「……明日を待ちわびていたのです」

義成は顔を上げると弱々しい笑みを浮かべた。

「婚礼の日を待ちわびていました。明日になれば、わたしの苦労は報われます」

蘭花は、瞬時、息を詰まらせた。

彼がそれほどまでに蘭花と元芳の結婚を望んでいたと知らなかったのだ。

「ごめんなさい、義成さま」

とっさに出た謝罪を耳にして、しまったと唇を噛む。これでは、自分の記憶喪失が演技だと認めたようなものではないか。あわてて話をそらす。

「あ、あの、わたしを護衛してくれた者たちは、どうしていますか？」

「婚儀が終わるまでは、わたしが監督することになっております」

蘭花はさらに問いを重ねた。楚興がどうしているか気になったのだ。

「あの……白将軍は？」

「本来ならば、婚礼の見届け人になっていただかねばならぬところですが……。明日は別の場所にて待機していただく予定です」

「そう……」

他の男との結婚など楚興に見られたくない。

けれど、彼の顔を一目でも見られないのは、苦しくてたまらない。

相反する気持ちに蓋をするよう眉をひそめ、喉を鳴らしていると、義成が間をもたせるように話をする。

「白将軍といえば、ご存じですか？　あの方はやると決めたら、徹底的にやる方だそうです。この間の異民族との戦のときは、相手の裏をかいて雪の中を行軍しました。味方に犠牲者が出ても、中止をしなかったそうです。行軍後は城塞を急襲し、敵が投降しようとしても許さず、殺しまくったとか。敵の血で城塞を覆う雪が真っ赤に染まったそうですよ」

「まさか、そんな残酷なことを……」

楚興がしたのだろうか。信じたくないが、義成を助けるために破落戸《ごろつき》に加えた暴力は、直視できないほどのものだった。

「公主さま、明日はくれぐれもわたしが言ったとおりに行動なさってください」

「え、ええ」

戸惑いながらもうなずく蘭花を義成はじっと見てから、唇を開きかけ、また閉じた。

「義成さま？」

「長居してはいけませんな。わたしは帰ります」

義成はうやうやしく拱手すると、房室を辞す。

見送る蘭花は得体の知れない不安が胸に渦巻き、衿元をそっと押さえていた。

翌日は、夜明け前には起こされた。

湯を浴びて身を清めると、女官の手を借りて婚礼衣裳に着替える。

婚礼衣裳は旅に出発する前、皇帝の御前で着たものだ。真紅の衣裳と金の装身具の数々が、人生でもっとも祝うべきときを演出する。

しかし、蘭花は身支度が整っていくにつれ、気が重くなっていった。まるで自分の葬儀に参列するような憂鬱な気分だ。

（宋王と結婚したら、わたしの人生は終わってしまうわ……）

これから、どんな日々が待ちかまえているのだろうか。

宋王が気分を害するたびに殴られ、罵《ののし》られる毎日が続くのかと思うと、今すぐ河に飛び込みたくなる。

（お父さんに手紙を書いたとしても、きっと助けてはくれない……）

夫唱婦随の道徳を持ちだして諭されるだけだろう。

夫が妻をないがしろにするのは、妻が不出来だからだと宋王に言われてしまったら、表向きは納得するしかない。

（お父さんにとって、きっとわたしは、ただの手駒……）

そんなのはわかっていたことだ。

婚礼に出立する前、父が寂しいと言ったことだって、おそらくは蘭花の出立を円満に済ませるための演技だろう。

父はそうやって他人を動かす。

笑顔とあたたかい言葉をかけ、信賞必罰で周囲を発奮させる。結果として、己の望みどおりに他人を操るのだ。

ため息を呑み込んで蘭花は床に視線を落とす。と、女官に注意された。

「公主さま、頭を下げないでくださいませ」

「ご、ごめんなさい」

女官たちが頭に金の宝冠をかぶせた。固定するために細紐を顎の下で結ぶ。

「そういえば、歩揺があったはずよね」

女官のひとりの疑問にもうひとりの女官が巻子《かんす》を広げた。

巻子は目録だった。持参した花嫁道具が書いてあるのだ。

「そうですね。婚礼衣裳の項に紅玉や真珠を連ねた金歩揺と書いてあります」

「この衣裳櫃《びつ》にあったかしら……？」

目録を手にした女官は黒檀の衣裳櫃を覗いている。

婚礼の際の装身具が入っていたのだろう。

「やっぱりないわよねぇ」

「殿下が下人に調べさせたときに盗まれたんではないでしょうか」

義憤にかられたような女官の声を聞き、蘭花は首を傾げた。

「殿下がわたしの荷を調べさせたの？」

「はい。もしかしたら、武器を持ち込むかもしれないと言って調べさせたのだそうです」

「なんですって？」

怒りがわいて、頭に血が上りかける。

紅夏国の平穏のために嫁いだのだ。それなのに、武器を持ち込むだなんて、そんなことするはずがない。

「だ、大丈夫ですわ。武器は見つかりませんでしたから」

「当たり前よ。そんなもの持ち込むはずがないもの」

怒りをやわらげるため、深々と吐息をつく。

だいたい、宋王はなぜそんな疑いを抱いたのか。

「それにしても、歩揺はどこにいったんでしょう。まさか、本当に下人が盗んだんじゃ……」

「そんなことあるはずがないわ」

蘭花は大急ぎで否定した。

女官の発言がもしも宋王にまで伝わったら大変だ。彼ならばろくに調べもせず、下人が盗んだかもしれないという疑いだけで、厳罰を与えそうだ。

「もしかしたら、出立前に入れ忘れてしまったのかもしれないわ。歩揺はあとで調べましょう」

「かしこまりました」

蘭花のそばにいる女官はうやうやしく答えたのに、目録を手にした女官は箱の底を叩いている。

「どうしたの？」

「いえね、音がなんだか変な気が……。それに、物量のわりに、この衣裳櫃《びつ》は重かったような気もしませんか？」

「そんなことはどうでもいいから、早く手伝ってちょうだいよ」

蘭花のそばにいる女官は苛立たしげに言うと、蘭花の肩に紅の披帛《ひはく》をかけた。朝焼けの雲を思わせる色だ。

「は、はい、わかりました」

女官は目録を大あわてで丸めると、衣裳櫃の中に放る。

目録が櫃に当たった音が妙に重たげで気になったが、ふたりがかりで衣裳を整えられると、小さな違和感はすぐに失せてしまった。

蓋頭《ベール》をかぶせられ、女官に手を引かれて連れて来られたのは、祖廟だった。

宮殿でも奥まったところにあり、人気がない。

廟の中に入ったところで、蘭花は蓋頭をいったんはずしてもらった。

昔、花嫁は終日蓋頭をかぶり、夫がそれを取り去るのは初夜の床でというのが慣例だった。

もっとも、昨今ではその慣例は緩められている。蘭花の場合もそうだ。事前に宋王とは対面を済ませている。

もっとも、本当の初対面は実にひどいものだったが。

廟の中には老若問わず女と成人前の子どもたちが集まっていた。

蘭花は深々と礼をする。これから劉家の一員になるのだ。教えを乞う相手には礼節を尽くさねばならない。

「公主さま、祭壇をご覧ください」

蘭花は廟の正面を占める祭壇を見た。

位牌が並べられる祭壇には、反物や紙銭、野菜に果物など供物《くもつ》が黄金の皿にうず高く積まれている。

もっとも年かさの夫人が説明を始めた。

「中央にあるのが劉家の祖、先の先の王朝の太祖さまであらせられます」

「はい」

「その左手にあるのが二代皇帝であらせられた太宗さま。右手にあるのが元芳さまのお父上であらせられる初代宋王さま」

「はい……」

その後、奥にある位牌——先々朝の皇帝たちのものを紹介される。

蘭花はうなずきつつ聞いていたが、あまりにたくさんで覚えられそうもない。

「ひとまずは拝礼を」

促されて、赤子の小指ほどはありそうな線香を手にした。

火をつけると振って消し、灰がきれいにならされた香炉に挿す。

白檀の芳香が漂う中、蘭花はひざまずいて地に額をつける跪拝《きはい》をする。

額を三回つけると、ゆっくりと立ち上がった。

高貴な身分の女らしくゆったりと余裕のあるように動くのは、いつも骨が折れる。

「殿下とも同じように動かれますよう」

「わかりました」

「祖廟に参られたあとは、城市にある天壇と地壇《ちだん》に参らねばなりません」

「天壇と地壇があるのですか？」

天地を祀る壇は都にはあるものだが、ここにもあるとは知らなかった。

「殿下がつくらせました」

「……そうですか」

蘭花はおとなしくうなずきながら、内心では元芳の行動に危機感を覚えていた。

(天壇と地壇をつくらせるなんて、傲慢すぎやしないかしら)

皇帝だけが天地を祀ることができる。

皇帝は天命を受けて地上を統べる存在だ。だからこそ天地の加護を願って壇をつくり祈るのだ。

宋王が天地を祀るのは、越権《えっけん》行為としか思えない。

(誰も諫言しないのかしら)

しないのではなく、できないのだろう。諫言した者を義成の息子のように殺していたら、そのうち誰もが何も意見を述べなくなる。

「公主さまはこれから王妃さまになられるのですから、どうぞ殿下とご一緒に領地の安寧をお祈りください」

「わかりました」

説明を終えた夫人が、厳かにうなずいた。

「妻は夫に従わねばなりません。何事も殿下の仰せのとおりになさるように。昨日は殿下に意見をなさったと聞きました。そんなことでは、劉家の妻としてやっていけませんよ」

「精進いたします」

静々とうなずいて、軽く瞼を伏せた。

夫人の言が重くてたまらない。元芳との生活は理不尽を耐えるだけの日々に違いない。

「奥さま、ご結婚前の公主さまをさらに緊張させるようなことはおっしゃらないほうが……」

「公主さま、どうか緊張なさらずに。婚礼は一生に一度のことですわ。どうかお心を楽にして臨まれてください」

「ありがとう」

年若な女たちの意見がうれしい。

蘭花は弱々しく微笑んだ。子どもたちがちょろちょろと落ち着かなく走りまわりだしたのも、笑顔を誘う。

「こら、公主さまの御前ですよ。おとなしくなさい」

「いいんです。どうか遊ばせて」

下は三歳くらいから上は十歳くらいか。

楽しげに駆けまわるのが愛らしい。年の離れた弟妹たちを思いだす。

もっとも、蘭花の弟妹たちは五歳に満たない者たちばかりだったが。

「公主さま、宋王殿下のお越しです」

扉を開けて廟に入って来た中年の女官がうやうやしく頭を下げた。

蘭花は緊張に喉を鳴らしつつうなずく。

「わかりました。行きます」

劉家の夫人方に礼をすると、蘭花は蓋頭《ベール》をかけてもらった。それから、静々と廟の外に出る。

廟の外の広場はまばゆい朝陽の光で満ちていた。蓋頭越しだから、まぶしい光を直接目の中に入れることはない。

しかし、なんとなしに立ち止まり目を細めて天を仰ぐと、背後で閂《かんぬき》の閉まるような重い音がした。

振り返ろうとすると、二の腕を引かれて横に逃れさせられた。

乱暴な仕草に危機感がわき、蘭花は自ら蓋頭をはずす。

蘭花の腕を引っぱったのは、楚興だった。

戦袍の上に革鎧をまとった厳めしい武装姿だ。

「そ、楚興？」

戸惑って見上げるものの、彼は何も答えない。

背後を振り返ると、婚礼の旅に同行した護衛兵たちがいた。手には旅の間には持っていなかった武具を持ち、閉ざした廟のあちこちに液体を撒いている。

木造の廟に染みができて、蘭花はぎょっとした。

「な、何をして――」

「これはどういうことだ、白将軍」

怒気をはらんだ声は正面から聞こえた。

廟の門から敷石を敷き詰めた広場の中央に歩いて来たのは、元芳だ。彼もまた真紅の袍と褂子《ガウン》の婚礼衣裳を着ている。

元芳の後ろには劉家の男の親族が続く。

蘭花は思わず周囲を見た。武器を手にした護衛兵は二十名ほどしかいない。

対して、元芳の親族は三十名を超える。さらにはその後ろに武装した兵が二十名以上いた。

非礼を犯している楚興を元芳が罰するのはたやすい。

蘭花はとっさに楚興を振り払おうとしたが果たせなかった。

「楚興、放して――」

小声で諫《いさ》めるが、彼は顔すらこちらに向けない。

皮肉げに唇を曲げてから、彼は朗々《ろうろう》と宣言した。

「劉家のみなさまに申し上げる。宋王・劉元芳を討て。討たなければ祖廟を燃やす」

護衛兵のひとりが火のついたたいまつを廟の濡れた部分に向ける。

「くるったか、白将軍」

「廟に油を撒いた。中にはおまえたちの母や妻子がいる。劉元芳を殺さなければ、火をつける」

楚興が視線を送ると、火が廟に移りそうなほどたいまつが近づく。

蘭花はぎょっとして、楚興にしがみついた。

「やめて、何を考えているの!?」

「宋王は天地を祀る壇をこしらえ、皇帝と並び立とうとする不届き者だ。陛下もこの件に関しては深く憂慮しておられる。宋王は謀反人だ。殺さなければ、罰として女子どもが死ぬことになる」

楚興は無表情で劉家の男たちを脅迫する。

老若問わず集まった劉家の親族たちは、みな蒼白になって顔を見合わせていた。

蘭花は楚興の意識を己に向けようと、彼を揺《ゆ》する。

「楚興、奥方たちや子どもたちは関係ないわ。お願いだから、やめて!」

異変を察したのか、廟の扉が内側からどんどんと叩かれている。だが、太い閂はびくともしない。

「……本当に妻や子が中に？」

若い男の質問に、楚興がゆったりと微笑んだ。

「今さっきまで公主さまと一緒におられた」

「そうよ、一緒にいたわ。お願いだから、やめて。奥方たちは何も悪いことをしていないでしょう⁉」

蘭花はあせった。罪のない奥方たちを危険にさらせない。

それに、楚興は劉家の親族たちに元芳を殺せと迫っているが、どう考えても彼らがそんな要求に従うとは思えなかった。

(楚興たちのほうが、明らかに人数が少ないのに)

このままでは楚興が殺されてしまう。

「楚興、馬鹿なことはやめて。わ、わたしがなんのために嫁いできたと思って——」

「もちろんわかっておりますよ。婚礼に乗じて、宋王殿下を排斥《はいせき》するためです」

まったく悪びれない澄まし顔で楚興は答える。

蘭花は言葉を失い、瞠目した。

(そんなことあるはずがない……)

父は宋王を懐柔せよと蘭花に命じたのだ。それとも、現状が〝懐柔〟することになっているのか。

不意に哄笑が天まで轟いた。

雲ひとつない空を見上げて元芳が大笑している。

周囲が呆然としている中、彼はげらげらと品のない笑いを響かせてから、楚興をにらんだ。

「ふざけるな！　殺されるのはきさまのほうだ」

元芳が背後を振り返って合図をすると、武装した兵がじりじりと近づいて来る。

恐怖にかられて楚興を見上げたが、彼は無表情のままだった。

「楚興、逃げて」

小さくささやく。こうなったら、自分が時間稼ぎをしようと決意した。

(おびえて生きていくよりは、楚興を助けて死んだほうがいい)

恐ろしさで心臓がどくどくとうるさい。

呼吸を素早く整えて一歩前に踏み出そうとしたが、背後から抱きしめられた。

「蘭花、大丈夫だ」

耳元で名を呼ばれ、足がとたんに根を張ったように動けなくなる。

(ひどいわ、こんなときに——)

名を呼ぶなんて、ずるい。

かりそめの夫婦の時間を思いだしてしまう。

楚興に濃密に抱かれたひと時が脳裏に甦ってしまう。

「おまえは必ず取り返す」

耳元でささやかれた誓いは、にわかに信じがたいものだった。

「楚興、やめて」

蘭花は必死に制止する。そう言われれば言われるほど、楚興を助けねばと思う。

「お願いだから、逃げて」

「逃げる必要などない」

叩き斬るように拒否され、彼を振り仰ぐ。

楚興はまっすぐ前を見ていた。彼の視線の先を追って、蘭花は息を呑んだ。

武装した元芳の兵たちのさらに後方に、武器を手にした数十名の男たちがあらわれたからだ。

彼らの服装はバラバラだが、みな剣を持っている。

（城門で検査をされていたのに……）

武器の持ち込みを控えさせたはずなのに、彼らはなぜ剣を持っているのか。

「いったいどうして……」

ひとりごとに楚興が応える。

「あいつらは兵です。商人に変装し、城市の中に潜入してもらいました。武器は婚礼道具の中に入れていたんですよ」

「でも、宋王に調べられたはずじゃ――」

「底を二重にしておいたんです。調べられることは推測していましたので」

淡々とした答えには、この結果を予想していたことが窺える。

（いいえ、楚興は元からこうしようと考えていたんだわ……）

婚礼道具を自ら整えたのも、武器を隠す空間をこしらえさせるためだ。

（はなから婚礼に乗じて宋王を殺そうと考えていた――）

蘭花の結婚は宋王を殺す舞台づくりのためだったのだ。

現状も企みの結果だろう。

劉家の夫人と子を人質にとり、親族たちに元芳を殺させようと考えたから、しきたりに反して蘭花だけを先に拝礼させたのだ。

「もう一度言う。元芳を殺せ。さもなければ、おまえたちの妻子が死ぬ」

朗々とした声で放たれる命令に、親族たちの顔から余裕が消える。

前も後ろも敵に囲まれている上に、女子どもを人質にとられている。

彼らが動揺するのも当たり前だろう。

「楚興、やめて！」

蘭花は彼の腕を揺する。

しかし、楚興は微動だにせず、蘭花に視線すら送らない。

「公主さま、こちらに」

厳かに言って、蘭花の手を引いたのは義成だ。

彼は憎々しげに元芳をにらみながら吐き棄てる。

「今日を待ちわびていました。冥土で我が息子に詫びるがいい」

「……義成さま、まさか楚興と結託していたのですか？」

「ええ。白将軍の監視役を仰せつかりましたが、わたしの望みはただひとつ。劉元芳の死です。白将軍がそれをかなえてくださるなら、どんな協力でもすると誓いました」

憎しみにひくひくと引きつる頬に戦慄が走った。

（……やはり、結婚は口実に過ぎなかったんだわ……）

宋王を殺すための場を整えただけ。

この舞台では、花嫁の蘭花は主役ではない。ただの脇役なのだ。

「早くしないと火をつけるぞ」

楚興が指を鳴らすと、兵が今しも廟に火を放とうとする。

応じたのは親族からわきあがった奇声だった。

声なき絶叫をあげて剣を抜いた若者が元芳に飛びかかる。

だが、元芳も腰につけていた儀礼用の剣で応戦する。にわかに始まった剣戟《けんげき》に、周囲の男たちは立ちすくんでいた。

「宋王には謀反の疑いあり！　殺した者は皇帝より褒賞をくだされるぞ！」

ためらいを棄てさせようとしてか、楚興が彼らを煽る。

広場の空気が異様な熱を帯びた。親族たちが元芳に次々と飛びかかって引き倒す。

「早く殺せ！」

「胸を刺せ、早く！」

親族たちは互いに命令をくだしている。昂奮のあまりか、金切り声が響き渡った。

元芳は意味のなさないわめき声をあげている。

目をそらしたくてもそらすことのできないほどの無残な光景に、蘭花は両手で口を覆って、必死に呼吸する。

(やめて、やめて……！)

心の中は悲鳴でいっぱいなのに、喉から出てこない。

膝ががくがくと震えている。その場にくずおれてしまいそうだ。

倒された元芳の全身に剣が突き立てられる。まるでそうしないと生き返るのだというように、めった刺しにされている。

真っ赤な血が元芳の動かぬ身体から広場に流れていた。灰色の石が真紅に染まる。

親族たちは元芳の首を落とすと、代表して壮年の男が髪を握って首をぶらさげ楚興の前にやって来た。たまらず顔を背けた蘭花に憎悪に濡れた声が響く。

「これで女たちを助けてくれるだろう？」

視界の端に首を受け取る兵が見えた。応じる楚興は場違いなほどほがらかに笑った。

引きずられるように楚興に目を向ける。

「女たちは助ける。おまえたちには死んでもらうが」

言うや否や剣を抜き払い、壮年の男の左胸を正確に突いた。

心臓を貫かれたのか、男は目を見開いた直後、その場に倒れる。

返り血を浴びても一切表情を変えず、楚興は兵に命をくだした。

「劉家の血は一滴たりとも地上に存在してはならない。全員、殺せ！」

周囲にいる護衛兵と、親族の背後に控える偽装兵たちは一斉に動きだした。

広場はたちまち惨劇の場と化した。悲鳴とうめきと剣戟音が混じりあい、殺戮《さつりく》がそこかしこで繰り広げられる。

「火を放て！」

追い打ちのような命令に、蘭花は鞭を打たれたように動いた。

義成の腕を振り払うと、楚興にとりすがった。

「やめさせて！　もう殺さなくてもいいでしょう！」

「後顧《こうこ》の憂いを断つためです。国のため、陛下のためです」

廟に火が移される。油の助けを借りて、あっという間に炎が大きくなる。

異様な気配を察したのか、廟の内から扉を叩く音が激しくなった。

蘭花は長い裳裾《もすそ》をからげて駆け寄ろうとしたが、背後から楚興に抱きすくめられる。

「劉家の血は絶やしておかねばなりません。これはあなたのためでもあるんですよ」

強い語調に怒りが湧いて、蘭花は振り返った。

「わたしは望んでいないわ！」

「あなたは公主です。今、その身分にいるのは、なぜですか？」

楚興の問いに蘭花はようやく察した。

（ここにいる人たちの犠牲だけじゃない……）

父は天下を統一する間にたくさんの人間を殺した。

屍の上に紅夏国は築かれている。

ならば、公主である蘭花は今、軀《むくろ》の上に立っているも同じだ。

そんなことに、今までまったく気づかなかったのだ。

「宋王の死は、劉家の滅亡は、皇帝の望みです」

「……お父さんはわたしを嫁がせたのよ？」

「嫁ぐ公主さまを送り届けよという命を受けたとき、俺は劉家をこの機に亡ぼせとおっしゃっているのだと察しました。婚礼は一族が集まりますから、全員まとめて始末するには好都合です」

楚興の恬淡とした言葉は、渦巻く悲鳴にともすれば消えてしまいそうだ。

「なんですって？」

「ガキの使いじゃないんですよ、送り届けておしまいで済むわけがないでしょう。皇帝は

常に自分の予想を上回る結果を出した男を尊重します。俺が出世できたのもそのためです」

絶句している蘭花に、楚興は皮肉げな笑みを浮かべて続けた。

「ここに流れている血も、俺の功績のひとつとなるんです。すべてはあなたを手に入れるためですよ」

「楚興……」

すべてを見透かすような楚興の目に、蘭花はひとつの結論を出した。

震える声で問いかける。

「わたしのこと……わたしの嘘に気づいていたの？」

きっと彼は見破っていたはずだ。蘭花の記憶喪失が偽りだったことを。

「もちろん知っていましたよ。公主さまがそんなに俺のものになりたかったとは、望外の喜びです」

彼がかすかにたたえた笑みは、憐れむようでもあり、蔑むようでもあった。

「これで公主さまは自由だ。俺の女になれますよ。よかったですね」

蘭花は立っていられずその場にくずおれた。

（わたしは何も知らなかった……）

皇帝の地位がどんな手段を講じて築かれたのか、自分が得た身分の下にどんな犠牲があったか。
そして、楚興が今までどんな働きをしてきたのか。
すべては流した血の結果なのだ。
助けを求める悲痛な叫びが嵐のように渦巻き、吹雪のように吹きつける。
蘭花は耳をふさいだが、耳の奥で渦巻く悲鳴は消えない。
（当たり前だわ……）
これは自分の内側で鳴る悲鳴なのだ。
耳をとざしたところで内側の声は止まらない。
紅蓮の炎はもはやすっかりと廟を覆っている。
扉を叩く音はすでに絶え、廟はただ焼け落ちるのを待つばかりになっていた。

終章

公主を連れて都に戻った楚興は、謀反人を討った功績で、紅夏国の将軍位を第二位まであげた。彼の若さを考えれば異例のことだが、皇帝は大いに喜んだ。

『楚興よ、欲しいものはなんだ？』

皇帝の問いに、楚興は満を持して蘭花だと答えた。

蘭花もまた楚興に嫁ぎたいと答えると、周囲は驚きの声を放ったが、楚興ひとりは当然のように落ち着き払っていた。

『蘭花よぉ、隠居してもいいんだぜ』

冗談めかした父の誘いに、蘭花は首を左右に振った。

蘭花は理解したのだ。

父は、常に蘭花を餌にして楚興を働かせてきたのだ。

楚興に嫁がなければ、いつまでも蘭花は彼の鼻先に吊された人参になるだろう。

もうやめにしたかった。

楚興に危険な役目を負わせたくなかった。自分が妻になれば、すべては終わるのだと思ったのだ。それなのに——。


宵闇にまぎれた寝室は濃密な熱気に満ちている。

黒檀の天蓋から紗幕が垂らされた寝台の上で、蘭花は獣のように四つん這いになり、背後から楚興に攻められていた。

「あ……ああ……ああん……」

じゅぽじゅぽと愛液をかきだされながら肉棒を抽挿されるのは、たまらない快感だった。

鋼の剣のような硬度を保ったまま、楚興は斬りつけるような勢いで男根を抜き差しする。

「あ……や……むね……さわっちゃ……」

楚興は手を伸ばすと蘭花の乳房を揉みしだく。

散々愛撫されて尖りきった乳頭をこねられて、膣襞がうねった。

「ひ……いや……も……だめ……」

息も絶え絶えになる。

戦に出る前の楚興はより凶暴になるのが常だった。

まるで自分を奮い立たせようとしているかのようだ。

それとも、このひと時は彼にとって救いの時間なのだろうか。先の見えない戦に出向く前に、蘭花の身体に溺れて憂いを忘れようとしているのだろうか。

餓えているかのような抽挿をしていた彼が、蘭花の体勢を強引に変える。仰向けにされて挑みかかられると、声もなく身体を震わせた。

「楚興……だめ……」

「おまえの中は俺を欲してるのに、駄目も何もないだろう」

「あ……ああ……」

巧みに性感帯を突かれて、言葉を失ってしまう。

双つの膨らみを大胆に揉まれると、膣がきゅっと絞られ、楚興の屹立をさらに締めつける。

眉を寄せ、快感を共に味わっている彼を見つめていると、愛おしさに胸がいっぱいになった。

(あなたはわたしが守るわ)

皇帝は功臣に対する締めつけを強化している。

少しでも二心を疑われたら、身分や財産を奪われるだけでなく、命すら危うくなるのだ。

蘭花も親しくしていた大臣が一族すべてと共に殺されたのは、つい先月のことだった。

(楚興だって危ない)

大功をあげた将軍は、得てして疑心を招くものだ。

率いた兵を主である皇帝に向けるのではと恐れられるためだ。

有能すぎれば警戒され、無能であれば用なしにされる。

宮中で生き延びるのは、かくも難しかった。

（だから、わたしが楚興を守る……）

守らねばならない。

何も知らなかったころとは違うのだ。

失いたくないと思うならば、彼を支えなければならない。

それは、皇帝の娘という地位を持つ蘭花ができることのはずだった。

楚興が蘭花の指に指をからめてくる。瞳を覗かれて、息を呑んだ。

「何を考えているんだ」

「楚興のことだけよ」

蘭花は内腿で彼を挟んだ。そうすると、己の中で暴れている楚興をより強く感じられる。

「本当に？」

「本当よ」

心からの愛情を込めて蘭花は答えた。

「……おまえは本当に俺のものなのか？」

自分を犯し尽くす男の目が揺れている。蘭花の胸にあふれる愛おしさをどうすれば伝えることができるだろう。

「わたしはあなたのもの……永遠に変わらないわ」

「でも、おまえは幸せそうじゃない」

責めるように奥を突かれて、眼裏に散る快感に目がくらむ。

「昔はもっと幸せそうに笑っていただろう？」

楚興の言葉に涙が込み上げる。

昔には戻れない。明州の邸で字を教えていたあのころには。

「……わたしは幸せよ。あなたのそばにいられるんだもの」

多くの命を踏みにじって手にした男を、蘭花は守り切るつもりだった。

そうでなければ、自分が生きている意味がなかった。

「愛しているわ、楚興。ずっとそばにいるわ」

楚興が目を細める。

満足しているようにも――なぜか悲しそうにも見える。

「俺も愛してる。愛しているんだ」

子どものように胸に顔をうずめてくる。

蘭花は彼の背に腕を回し、律動に身をまかせる。

瞼を閉じると、この世には彼と自分しかいないような気がした。
(ずっとこうしていたい)
無理なことはわかっている。
なぜなら、蘭花は公主で楚興は将軍だからだ。
どこまで逃げても、現実は変わらない。
それは浪青の河に落ちたときにわかったことだった。
(わたしが楚興を守る)
どんな危難からも救ってみせる。
楚興の抜き差しがいよいよ切羽つまってきた。
「あ……ああ……ああ……」
苦痛にも近い快美な波を送られて、意味のある思考が途切れる。
絶頂への階に足を置いたそのとき。
悲鳴のような音を立てて、幻の風が耳の奥を通りすぎていった。

(了)

あとがき

初めまして。貴原《きはら》すずと申します。

いつも様々なジャンルで小説を書いているのですが、今回はソーニャ文庫さんで小説を書かせていただくことになりました。

ソーニャ文庫さんのテーマはご存じのとおり「歪んだ愛は美しい」。

というわけで、「とある事情により記憶喪失を装うヒロインとそれに乗じて好き勝手するヒーロー」というお話を書かせていただきました。歪んでます……よね？

ともあれ、今回書いていて楽しかったのは、ヒーローの楚興です。

ソーニャ文庫さんのヒーローってどんなヒーロー？　と考えていたわたしの脳裏に浮かんだのは、「地獄行きの片道切符を満面の笑みで差しだすヒーロー」でした。

どう考えても、その切符受け取っちゃだめぇって感じなのですが、ヒロイン蘭花ちゃんたら、うっかり受け取っちゃうんですね。

そんなふたりの恋愛模様を心ゆくまで書かせていただきました。

恋愛のおもしろいところは、幸不幸を判断できるのは恋愛をしている当のふたりだけというところにあると思います。

傍から見ると、不幸に向けて突っ走っているかのような恋だって、その恋に落ちているふたりにとっては、幸福の絶頂だったりします。

そういう状態のときに、「彼（もしくは彼女）と一緒になっても幸せになれないよ」というまっとうな助言は、洟《はな》をかんだあとのティッシュペーパーみたいに価値がありません。

というわけで、そんな恋愛を描くおもしろさと難しさを感じつつ、今作を書きました。


ところで、今作は大好きな中華風で書かせていただきました。

時代のモデルは明の初めをイメージしつつ、清の初めをまぜました。

中国の歴史に詳しい方だったら、清（満州族が樹立した政権）の初めに、功績のあった漢族の将軍たちが王に処せられたことをご存じだろうと思います。

明の成立時期がモデルというわけで、蘭花の父・皇帝天祥は朱元璋《しゅげんしょう》をモデルにしました。

朱元璋は当時の社会の底辺に近い身分から、最後は皇帝という天下の頂点に昇りつめます。

まさに波瀾万丈《はらんばんじょう》の人生ですが、痛快という言葉ではあらわしきれない部分があります。

こういう人物の評伝を読むたびに、部下になってみたいなぁと思ったりもしますが、朱元璋に関しては、やめといたほうがいいですね。

ともあれ、中国史の中では、とりわけ興味深い人物には違いありません。

ちなみに、中国のドラマに朱元璋の人生を描いたものがありまして、観たいなぁと思っているのですが、長いんですよね。締め切りに追われているせいで、観られないのがつらいです。

そういえば、中国のドラマを観ていると、やっぱり感性が違うなぁと思うところが多々あります。とある武侠《ぶきょう》ドラマ（カンフー映画に似ている）を見ていたら、ラストの大決戦の場面で、敵に追いかけられたヒーローが、

「あいつは強すぎる。逃げよう」

と言って、戦うどころか、ヒロインたち味方を連れて逃走するというシーンがありました。

確かに、強敵にあったら逃げるのが正しいけど、これ武侠ドラマだからね!?　って画面に向かってツッコミたくなりましたよ。なんのために武芸の修行したんだ、ヒーロー……。

つらつら書いていたら、紙幅が尽きるころになりました。

イラストの芦原《あしはら》モカさま。

常々、憂いを帯びたまなざしのヒーローが色っぽいなぁと思っていたのですが、今作のイラストをお願いできて、本当にうれしかったです。

ヒーローを一癖ありそうに描いていただき、喜びの雄叫びをあげそうになりました。

ヒロインも可愛くて美人さんです。表紙のカラーイラストは宝物だなぁと感動しています。すばらしいイラストをありがとうございます。

担当さま。プロットから原稿から的確なご指摘の数々をありがとうございます。

タイトルも決めていただきましたが、わたしでは思いつかない攻めタイトルに感動しました。


そして、読者の皆さまへ。

歪んだ愛に目の肥《こ》えた読者さまに、このお話は楽しんでいただけるのか!? とドキドキしております。少しでも楽しんでいただいたらうれしいです。

では、また、どこか新たな物語の世界でお会いできたらいいなと願っております。

貴原　すず

この本を読んでのご意見・ご感想をお待ちしております。

◆ あて先 ◆

〒101-0051
東京都千代田区神田神保町2-4-7 久月神田ビル7階
㈱イースト・プレス　ソーニャ文庫編集部
貴原すず先生／芦原モカ先生

奈落《ならく》の純愛《じゅんあい》

2016年7月9日　第1刷発行

著　　者　貴原《きはら》すず
イラスト　芦原《あしはら》モカ
装　　丁　imagejack.inc
D T P　松井和彌
編集・発行人　安本千恵子
発 行 所　株式会社イースト・プレス
〒101-0051
東京都千代田区神田神保町2-4-7 久月神田ビル8階
TEL 03-5213-4700　FAX 03-5213-4701
印 刷 所　中央精版印刷株式会社

ISBN 978-4-7816-9581-5
定価はカバーに表示してあります。

Sonya ソーニャ文庫の本

私の欲望に灼かれるといい。

清廉潔白と評判の王太子ルドルフ。だがエヴァリーンは、幼いころから彼のことが怖くてたまらなかった。その眼差しに潜む異常さを感じとっていたからだ。やがて、軍人ヒューゴとの婚約が決まったエヴァリーンだが、婚約パーティの日、ルドルフに無理やり純潔を奪われて――。

『王太子の情《じょう》火《か》』 奥山鏡

イラスト 緒花

Sonya ソーニャ文庫の本

『公爵は愛を描く』　藍生有

イラスト　アオイ冬子

Sonya ソーニャ文庫の本

迎えに来たよ、俺の白菊。

長雨から都を救うため、生贄として捧げられることになった白菊は、「矢科の鬼」と呼ばれる恐ろしい山賊・莉汪に攫われてしまう。閉じ込められ凌辱されて、怒りと恐怖を覚える白菊。しかし少しずつ莉汪と言葉を交わすようになり、やがて彼との過去も思い出し――。

『狂鬼《きょうき》の愛《いと》し子』 宇奈月香

イラスト サマミヤアカザ

Sonya ソーニャ文庫の本

淫惑の箱庭
松竹梅
Illustration 和田ベコ
ドラマCD
「淫惑の箱庭」
Operettaより
好評発売中!
くれてやろう、愛以外なら何でも。
アルクシアの王女リリアーヌは、隣国ネブライアの王と結婚間近。だがある日、キニシスの皇帝レオンに自国を滅ぼされ、体をも奪われてしまう。レオンを憎みながらも、彼の行動に違和感を抱くリリアーヌは、裏に隠された衝撃の真実を知り——。
Sonya

『淫惑の箱庭』　松竹梅

イラスト　和田ベコ

Sonya ソーニャ文庫の本

『悪魔の献身』　斉河燈

イラスト　芦原モカ